인생 시간
오후 4시

인생 시간
오후 4시

펴 낸 날 2025년 1월 20일 초판 1쇄

지 은 이 이주형
펴 낸 이 박지민, 박종천
책임편집 김정웅
편   집 김현호, 윤서주, 민영신
책임미술 롬디
마 케 팅 박지환, 이경미

펴 낸 곳 모모북스
         경기도 파주시 지목로 89-37 (신촌로88-2) 3동1층
         전화 010-5297-8303 02-6013-8303 팩스 02-6013-830
         등록번호 2019년 03월 21일 제2019-000010호
         e-mail pj1419@naver.com

ISBN 979-11-90408-67-7 03810

"무언가 새로 시작하기에 늦은 나이란 없다."

인생 시간
오후 4시

이주형 지음

모모
북스

프롤로그

인생 시간 오후 4시:

가방을 다시 싸는 당신에게 건네는 위로와 격려의 메시지

그림자가 길어지는 오후 4시는 참 묘한 시간이다. 새로운 무엇인가를 시작하기에는 너무 늦은 것 같고, 하루를 마무리하기에는 아직 해가 밝으니 말이다. 남은 시간이 아깝기도 하고 나머지 하루를 의미 있게 보내고 싶어 어떤 일을 해야 좋을까 고민하다 보면 어느새 주위가 어둑해지곤 한다. 그냥 무엇이라도 할걸 하는 아쉬움만 뒤로한 채 더 길어지는 그림자와 함께 또 사라져가는 하루의 뒷모습만 하염없이 바라보곤 한다.

문득 지금 인생 시간이 오후 4시처럼 느껴진다. 마치 길모퉁이에 서 있는 느낌이다. 한눈팔지 않고 열심히 살아왔지만 딱히 무

엇을 이뤄놓은 것도 없는 것 같고, 그렇다고 이제 그만 내려놓기에는 아직 아쉬운 시간이다. 기를 쓰고 두 손에 가득 담아도 결국 손가락 사이로 빠져나가버리는 고운 모래처럼, 텅 빈 마음과 공허한 동공만이 남은 채 끝도 없는 광야에 혼자 덩그러니 놓인 느낌이 든다.

흐르는 시간을 잡을 수는 없다. 그러나 더 늦기 전에 잡아야 할 것들이 있다. 열심히 앞만 보며 살아오느라 그동안 방치해 둔 마음을 다잡아야 하고, 앞으로 해야 할 일들을 잘 정리해야 한다. 더불어 더욱 의미 있는 인생을 함께 꾸려갈 주위 사람들도 보듬어야 한다.

좋든 싫든 인생의 전반부를 잘 마무리하고 본격적인 후반부에 뛰어들어야 한다. 인생 후반부는 전반부의 부록이 아니다. 오히려 여태까지는 더 의미 있는 인생 후반부를 위한 예행연습을 해 온 것이다. 그러니 이제부터의 행보가 인생 전체의 모습을 결정한다.

여태까지 잘 해온 것처럼 앞으로도 자신의 마음을 소중하게 감싸고 위로하며, 이후의 삶을 함께 살아갈 사람들과의 소중한 관계를 어루만져야 한다. 인생 오후 4시는 전체 인생의 모습을 결정할 가장 중요한 순간이다. 함께 이 길을 걷고 있는 당신에게 마음 가장 깊은 곳에서 나오는 격려의 박수를 보낸다.

목차

2장

 세상을 보는 눈이 한 뼘 더 익어가는 나이:
인생을 보는 눈이 더 성숙해지고 익어가는 이야기들

3장

새로운 생활습관이 필요한 나이:

남은 인생을 위해 새롭게 시작해야 하는 일과 습관에 대한 이야기들

4장

새로운 관계를 찾아야 할 나이:
함께 익어갈 동반자에 관한 이야기들

1장

셀프 응원단장이
되어야 할 나이

:

열심히 살아온 자신을 스스로 위로해주는 이야기들

1

보이는 데까지 가면

길을 걷다가 다리에 힘이 풀려 털썩 주저앉고 싶은 날이 있다.

어디로 가야 할지 길을 잃은 것 같은 그런 날이다.

회한과 허무가 온몸을 휘감는 느낌이 들기도 한다.

'나란 존재는 과연 무엇일까.'라는 철학적인 질문도 떠오른다.

보이지 않지만 그곳에 있을 바람에 길을 묻는다.

바람이 무심하게 대답한다.

"나도 길을 잃었어."

그래도 바람은 여전히 길을 만들고 있다.

길이 넓고 평평하다고 다 갈 수 있는 것은 아니다.

아무리 좋은 길도 나를 위한 길이 아니면 마음 둘 필요 없다.

나 빼고 다 잘 살고 있는 것처럼 보이지만

사람들의 인생을 가만히 들여다보면 다 거기서 거기다.

길이 잘 보이지 않는다고 갈 수 없는 것도 아니다.

갈 수 있는 만큼 가까이 가서 보면

저 앞에 누군가 걸어간 발자국이 어렴풋이 보이곤 한다.

한참을 걷다가 뒤돌아보면 서툴지만 나도 길 하나를 만들며 걸어왔음을 알게 된다.

가끔 돌아보는 것은 미련 때문만은 아니다.

올망졸망 머리를 들이밀며 나를 향하고 있는 내 발자국들을 보기 위해서다.

그리고 깨닫곤 한다.

'내 발걸음이 길이 되었구나.'

기쁨과 후회가 뒤섞여 있는 인생이지만

열심히 나를 향해 있는 내 발자국들은 나의 자랑스러운 훈장이다.

'열심히 잘 살아왔으니 앞으로도 그럴 거야.'

내 어깨를 다독이며

이제 또다시 새로운 발걸음을 내디딜 시간이다.

2
길모퉁이에서

꼬불꼬불 펼쳐져 끝이 안 보이는 길을 만나면 드는 생각이 있다.

저만치 보이는 데까지 가면 뭐가 있을까.

저 모퉁이를 돌면 어떤 풍경이 기다리고 있을까.

늘 저만치 가보고 싶고 그곳에는 어떤 광경이 펼쳐져 있을지 궁금해진다.

어릴 적 아버지는 함께 길을 걸으면 거짓말을 자주 하셨다.

"아빠, 아직 멀었어? 다리 아프단 말야."

"이제 다 왔어. 조금만 더 가면 돼."

그리고 한참을 더 걷곤 했다.

가도 가도 끝이 없는 것 같았다.

다 왔다는 것은 늘 거짓말이었다.

그래도 그 거짓말 덕분에 끝까지 걷곤 했다.

아직 갈 길이 멀 때도 기운이 빠지지만

이미 너무 많이 지나쳐 왔음을 느낄 때 더 당혹스럽다.

인생에 후진은 없으니 말이다.

조금 더 찬찬히 주위를 살피며 길가의 들꽃에도 눈길을 주고 왔

어야 했는데

올망졸망 사랑스러운 얼굴들을 한 번 더 눈에 담고 왔어야 했는데

지나간 것은 지나간 대로 의미가 있다는데

자꾸 지나온 길이 마음에 남는다.

그렇게 걷다 보면 길모퉁이에 다다른다.

길모퉁이를 돌 때면 마음속에 파르르 설렘과 긴장이 동시에 찾

아온다.

'저 모퉁이를 돌면 무엇이 있을까.'

일단 모퉁이를 돌면, 어설프지만 또 다음 모퉁이를 향해 눈앞에

놓인 길을 뚤래뚤래 한 걸음씩 내디딘다.

모퉁이는 또 새로운 발걸음의 시작이 된다.
열심히 걷다 잠시 멈추고 새로운 모퉁이를 돌기 전에
내가 걸어온 발걸음을 돌아볼 때 내 발걸음이 애틋해진다.
'내가 이렇게 걸어왔구나, 앞만 보고 열심히 걸어왔다고 생각했
는데 저리도 삐뚤빼뚤 갈지자로 걸어왔구나, 그래도 길을 잃지
는 않았으니 얼마나 다행인가.'
나처럼 우둔하고 참을성 없는 사람을 이렇게 오늘도 걷게 하니
이 모퉁이 길은 늘 고마운 존재다.

내가 세운 뜻으로 나 자신을 가두지 말고,
내가 세운 잣대로 남을 아프게 하지 말아야겠다.
그렇게 길모퉁이는 늘 나를 돌아보게 하는 곳이다.

인생 시간 오후 4시는 모퉁이를 돌아서는 순간이다.

모퉁이를 돌아서면 돌아온 길은 보이지 않는다.

그렇다고 그 길이 없어지는 것은 아니다.

새로운 길을 만나면 걸음을 멈추고 늘 걸어갈 길을 한참을 쳐다

본다.

이제는 아버지 대신 아들이 옆에서 함께 걷고 있다.

그리고 얼마나 남았냐고 묻는 아들에게 말한다.

"이제 얼마 안 남았어. 조금만 더 힘내자."

3
오르막길과 내리막길

산을 오르다 보면 이미 정상에 올라갔다가 내려오는 사람을 만나게 마련이다.
"정상까지 얼마나 남았나요?"라고 물어보면 돌아오는 대답은 비슷하다.
"얼마 안 남았어요. 조금만 더 올라가면 됩니다."
어릴 적 아버지에게 들었던 거짓말을 등산객들에게도 듣곤 한다.

그 '조금'이 사람에 따라 십 분일 수도, 한 시간일 수도, 반나절일 수도 있다.
어쩌면 평생 걸릴 수도 있다.

어느 길이나 초행길인 경우는 심리적 거리감 때문에 더 멀고 길게 느껴진다.
그러니 직접 올라가 봐야 안다.

그 '조금'의 의미는.

윤종신은 노래 〈오르막길〉에서 계속 올라가면 결국 다 만난다
고 한다.
올라갈수록 좁아지고 정상은 뾰족해서 넓지 않기 때문이다.
그러니 올라가는 길이 힘들다고
남 얼굴 다시 보기 힘든 일을 하며 산다면 참 어리석은 일이다.

인생은 누구에게나 초행길이다.
가 봐야 안다.
직접 내디뎌 봐야 저 모퉁이 돌아, 저 고개 너머에 무엇이 있는
지 알 수 있다.
그러나 모두가 오르막길만 걷는 것은 아니다.
평지를 걷는 사람도 있고, 내리막길을 걷는 사람도 있다.

정상을 찍고 내려올 때면 땀을 뻘뻘 흘리며 반대쪽에서 올라오는 사람들에게 말하곤 한다.

"힘내요. 얼마 안 남았어요."

그리고 금방 알아차리게 된다.

내리막길이 더 힘들고 위험하다는 것을 말이다.

4

가장 평범한 것이 가장 특별한 것

아직 마음속에는 어린 아이가 살고 있는데 어느덧 부모가 되어
무럭무럭 커가는 내 아이들을 보면 평범하게 자란 내 어린 시절
이 떠오르곤 한다.

골목에서 신나게 뛰놀며 지내다 친구들과 함께 우르르 상급학
교에 진학하고,

사춘기는 찾아왔지만 별 사건이나 사고 없이 청소년기를 보내고,

재수는 했지만 대학에 무난히 들어가고,

남들처럼 2학년 마치고 군대 다녀오고,

복학 후 열심히 토익 공부하면서 여기저기 입사원서 제출해 취
직하고,

6년 연애 후 서른에 결혼해서 딸과 아들 하나씩 낳고,

회사에서는 남들처럼 여러 경력을 쌓으며 때 되면 승진하고,

이젠 삐져나오는 뱃살을 한탄하고 한 움큼씩 빠지는 머리카락
을 부여잡고 아쉬워하는 중년이 되었다.

참 평범한 인생이다.

가끔은 축 처진 어깨에 무거운 가방을 메고 학원과 학원을 오가
는 아이들을 보며,
방문 꼭 걸어 잠그고 밤늦도록 게임 하고 친구와 소곤소곤 통화
하는 아이들을 보며,
'저 아이들은 지금 무슨 생각을 하며 살까.'라는 생각이 들면서
내가 살아온 발자국들을 돌아보게 된다.
그럴 때마다 아이들을 보며 갖는 소망이 있다.

'이 아이들도 큰 변고 없이 나처럼 평범하게 자라서 평범한 부모
가 되어 평범하게 아이들 낳고 평범하게 살았으면….'

평범함이란 단어 속에 많은 의미가 들어 있다.

사실 겉으로 평범해 보이는 일상을 위해

얼마나 많은 땀과 눈물을 흘리며 살아왔는지 모른다.

얼마나 많이 아파해야 했고 얼마나 많은 것을 희생하고 포기하

며 살아왔는지 모른다.

이 평범한 하루를 위해서 말이다.

우리는 가장 평범하게 사는 것이 가장 특별한 시대를 살아내고

있다.

평범한 사람들의 평범한 발걸음이 이 세상을 지탱하고 있기 때

문이다.

당신의 평범한 하루가 가장 특별하다.

당신의 평범한 하루를 응원하며 존경의 박수를 보낸다.

5
행복을 느끼는 순간

평범한 삶을 살아왔지만 젊은 시절의 나는

하고 싶은 일을 하면서 사는 것이 행복이라 생각했다.

틈만 나면 크고 작은 버킷 리스트를 작성해서 하나씩 지워가곤

했다.

빼곡하게 쓰인 버킷 리스트를 하나씩 지워가는 재미는 느껴본

사람만 알듯 싶다.

그런데 나이가 들어가고 많은 일들을 겪으면서

조금씩 행복에 대한 생각이 바뀌게 된다.

하고 싶은 일을 하는 것보다 하기 싫은 일을 하지 않아도 되는 것,

좋은 사람을 만나는 것보다 싫어하는 사람을 만나지 않아도 되

는 것이 더 행복하게 느껴지기 때문이다.

너무 바쁘게 살아 와서인지 아무것도 하지 않는 것이 행복은 아

닐까 하는 상상도 해 본다.

그러나 아무것도 하지 않을 자유는 무슨 일이든 열심히 했을 때
주어짐을 깨달으며 다시금 신발 끈을 매어본다.

골프를 좋아하는 사람이 프로골퍼가 되면 무조건 행복할까?
좋아하는 일이 직업이 되면 쉴 틈이 없어진다.
매일 골프를 치는 것보다 잘해야 한 달에 한두 번, 그것도 많은
비용을 지불하고 새벽 별 보면서 시간을 쪼개 골프를 즐길 때 더
행복할 수 있다.

세계적으로 유명한 여행 유튜버 빠니보틀은 말한다.
"일상이 지루하거나 지쳤을 때 떠나는 여행은 설렘이 있었다. 그
러나 여행이 일상이 되니 더 이상은 여행이 즐겁지 않았다."
행복한 상태가 따로 있는 것이 아니라 행복을 느끼는 마음가짐
이 중요하다는 의미다.

맞닥뜨리는 환경보다 세상을 보는 우리 마음가짐이 행복을 좌
우한다.

십 년쯤 지나서는 어떨 때 행복을 느낄까?

아마 아침에 눈 떴을 때 몸이 쑤시고 아프지 않으면 행복하다 느
끼지 않을까?

아침을 맞을 때 좋은 사람을 만나기로 한 약속이 생각나면 삶이
행복하다 느껴지지 않을까?

행복은 물리적 조건이나 환경에 의한 것이 아니라 마음과 관련
이 있는 것 같다.

지금 우리 마음을 잘 다독여줘야 하는 이유다.

6

아무것도 아닌 하루는 없다

번잡한 도심을 떠나 한적한 숲길을 걷는 것을 좋아한다.

어느 날 피톤치드 가득한 오솔길을 걷다가 만난 빨갛고 작은 열매가 예뻐서 한참 들여다보았다.

어디선가 본 것 같았지만 도무지 이름을 알 수 없었다.

사람 이름은 잘 외우는데 새 이름과 나무 이름, 꽃과 열매 이름은 아무리 외워도 금방 잊어버리곤 한다.

코스모스와 벌개미취를 구분하는 것도 오십이 넘어서야 가능했다.

이름까지 기억하고 보듬어줬으면 좋았겠지만 그래도 거칠고 큰 나무들 사이에서 고개를 빼꼼 내민 열매가 예뻐 한참을 눈으로 보듬어줬다.

모든 열매는 기다림을 포기하지 않은 결과다.

아무리 작은 씨앗도 오랜 시간을 기다려야 한다.

대부분의 씨앗은 땅 위로 싹을 틔워 그 모습을 드러내기 전에 적어도 1년은 기다린다.

어떤 체리 씨앗은 땅속에서 묵묵히 100년을 기다린다고 한다.

숲에 가면 잊지 말아야 할 것이 있다.

눈에 보이는 나무가 한 그루라면 땅속에서 언젠가는 자신도 싹을 틔우기를 열망하며 기다리는 나무가 100그루 이상 살아 숨쉬고 있다는 사실이다.

우리는 사과 속 씨앗이 몇 개 있는지 알지만, 그 씨앗이 나중에 몇 그루의 사과나무가 될지는 알 수 없다.

아무것도 이룬 것 없이 하루를 보내서 실망스러운가?

하루 잘 건너온 것도 대단한 것이다.

무시해도 될 하찮은 열매는 없듯

아무것도 아닌 하루는 없으니 말이다.

평범한 일상을 열심히 살아내는 사람의 하루는 언젠가 싹을 틔우기 위해 열심히 준비하는 씨앗이다.

그런 모습들이 너무 예쁘고 사랑스러워 정성껏 보듬어주고 싶다.

7

거울 속의 나

하루하루가 참 치열하다.

당신의 하루도 그럴 것이다.

역시 치열하고 고단한 하루를 보내고 귀가한 날이었다.

둑이 터진 듯 쉴 새 없이 쏟아지는 일이며, 하루가 멀다 하고 터지는 집안일이며, 의도치 않게 꼬여만 가는 관계며 한꺼번에 고개를 내밀고 나를 괴롭혔다.

화장실 세면대에서 손을 씻다 문득 고개를 든다.

거울 속의 내가 나를 쳐다보고 있었다.

뭔가 다 이해하고 있다는 표정으로 말이다.

그러나 만질 수 없다.

거울 속의 나는 아무리 가까워도 더 이상 거리를 허락지 않는다.

그저 물끄러미 바라보기만 할 뿐이다.

그래도 전쟁 같은 하루를 견뎌낸 나를 바라보며 다 이해한다는

듯 살며시 미소를 짓고 있다.

그리고 내게 이렇게 말한다.

'오늘 하루도 잘 건너왔다.'

거울 속의 내 모습을 가장 많이 들여다보는 사람은 나 자신이다.

그런데 거울 속의 나는 좌우가 바뀐 모습이다.

나는 오른손잡이인데 거울 속의 나는 왼손잡이다.

내 머리는 왼쪽 가르마인데 거울 속의 나는 오른쪽 가르마이다.

세상에서 자신의 진짜 얼굴을 그대로 볼 수 없는 유일한 존재는

나 자신이다.

자신의 진짜 모습을 보고 싶으면 지금 가까이 지내고 있는 사람

들, 자신을 둘러싼 사람들의 모습을 합쳐보면 된다.

나를 제대로 볼 수 없는 거울은 나를 둘러싸고 있는 사람들이다.

그 사람들도 모두 나를 응원한다.

아무것도 아닌 하루는 없다고.

오늘 하루 잘 건너왔다고.

8
흔들려도 괜찮아

'나는 왜 남들처럼 빨리 뛰지 못할까.'라고 한탄하며 살아왔는데, 나중에 남들보다 오래 뛰는 마라톤에 재능이 있다는 것을 알게 된 사람이 있다.

높이 뛰어오르지 못하는 것을 슬퍼했는데 알고 보니 멀리 뛰기에는 선수일 수도 있다.

얼굴 근육 마비와 언어장애로 고통받던 장 크레티앵은 "나는 말은 잘 못하지만 대신에 거짓말은 하지 못합니다."라고 솔직하게 고백하여 캐나다 총리로 선출되기도 했다.

길고 긴 인생에서 당장 자신의 처지를 보고 일희일비할 필요가 없다.

모두가 본인만의 장점이 있기 때문이다.

강풍이 돌풍처럼 부는 겨울날은 특히 더 춥다.

그러나 가장 강한 바람은 마음속에 부는 바람이다.

날씨가 춥다고 마음까지 추울 필요는 없다.

강풍이 분다고 마음까지 어지러울 필요는 없다.

먼 훗날 인생을 돌아볼 때 아마 40대가 가장 힘들었다고 기억될 것 같다.

'흔들리지 않고 미혹되지 않는다' 하여 '불혹'이라 불리는 나이 지만 그만큼 흔들어대고 미혹하는 것들이 많아질 나이라는 뜻 이다.

그러니 조금 흔들려도 괜찮다.

바위도 아니고 바람이 이리 부는데 어떻게 안 흔들리나.

흔들리니까 버틸 수 있는 것 아니겠는가.

태풍이 오면 크고 강한 나무는 부러지고 쓰러지지만 작은 바람 에도 흔들리는 작은 풀들은 절대 뽑히는 법이 없다.

넘어져도 괜찮다.

넘어지지 않는 사람보다 더 강한 사람은 넘어질 때마다 일어나는 사람이다.

사실 우리가 매일 하는 것이다.

우리가 제일 잘하는 것이다.

"내가 걷는 길은 언제나 험하고 미끄러웠다. 그래서 나는 자꾸만 미끄러져 길 밖으로 곤두박질치곤 했었다. 그러나 나는 곧바로 기운을 차리고 나 자신에게 말했다. 길이 약간 미끄러울 뿐이지, 아직 낭떠러지는 아니야."

에이브러햄 링컨의 고백이 지금 내게도 큰 힘이 된다.

온갖 시련을 이겨낸 보상은 지금 내 손 안에 있는 평범한 일상이다.

이 평범한 일상을 위해 얼마나 많은 땀을 흘리며 참고 또 참아왔는가.

평범해 보이지만 사실은 특별한 오늘을 열심히 건너온 자신을 토닥토닥해줘야 하는 이유다.

겉으로는 흔들리면서도 담담하게 평범한 일상을 살아내고 있는 우리 모두가 진정한 영웅이다.

9
눈물

요즘은 감동적인 영화나 드라마를 보기가 두렵다.

주책스럽게 덜컥 눈물이 나기 때문이다.

"남자는 절대 울어선 안 돼.", "남자는 인생에서 딱 세 번 운다."

는 등의 말을 듣고 살아온 우리 또래의 남성들에겐 남들 앞에서

흘리는 눈물은 치부를 드러내는 것 같다.

게다가 여성호르몬 어쩌고 하면서 남성성을 점차 잃어가는 것

처럼 정의하는 것도 어딘가 모르게 불편하다.

어느 휴일, 집에서 혼자 TV 다큐멘터리를 보다가 감동을 느껴

갑자기 펑펑 운 적이 있다.

마침 식구들이 아무도 없었다.

그래서 나오는 눈물을 참지 않고 아예 엉엉 울며 폭포처럼 눈물

을 쏟아냈다.

그랬더니 어찌나 후련해지던지.

내 가슴속에 자리 잡고 있던 큰 덩어리 같은 것이 쑥 내려가는 느낌이었다.

눈물을 흘리는 것은 땀이 나는 것처럼 자연스러운 일이다.
눈물을 흘리면 우리 몸에서 스트레스와 관련된 물질이 배출된다고 한다.
눈물을 흘리면 슬픔이 치유되고 경감된다는 연구도 많다.
눈물을 흘리는 것은 가슴속에서 슬픔과 서러움을 떠나보내는 일이다.
눈물을 억지로 참는 것은 힘들다고 외치는 내 마음을 꽁꽁 묶어 두는 것과 다를 바 없다.

평생 마음에 차곡차곡 쌓아둔 눈물이 흘러넘칠 때도 되었다.
그러니 평생 가슴 깊은 곳에 남들에게 말하지 못한 서러움이 대못처럼 박혀 켜켜이 쌓인 가장들이 눈물을 흘리는 것은 얼마나 장려할 일인가.

아빠가 드라마 보다가 눈물을 흘리면 갱년기라 놀리지 말고 그저 티슈 한 장 슬쩍 내밀면 된다.

그러면 모든 것이 아주 자연스럽게 제자리로 돌아온다.

아빠가 어른이 되어가는 과정이기 때문이다.

10

먹구름 뒤에는 푸른 하늘이 있다

SNS를 하다 보면 혼자만 비밀리에 간직하고 있는 속마음을 들킨 것 같은 때가 있다.

내가 겪는 일과 감정을 놀라우리만치 비슷하게 겪는 사람의 글을 읽을 때다.

그 사람이 꼭 유명하거나 나보다 나이가 많은 것은 아니다.

문체가 화려한 것도 아니다.

처음 글을 배운 아이가 글씨를 쓰듯 그저 자신의 이야기를 마음으로 꾹꾹 눌러 썼을 것이다.

이런 글을 읽으면 뭔지 모를 동질감에 그 사람의 다른 글들을 찾아 읽으며 그 삶을 보듬게 된다.

어떤 마음으로 썼을지 느껴지기 때문이다.

모든 것이 좋아 보이는데 자주 눈물을 보이는 사람이 있다.

그동안의 고생이 떠오르기 때문이다.

힘든 상황인데도 늘 웃는 사람이 있다.

정작 그 상황을 알기 때문에 오히려 내 눈에는 눈물이 나지만 본인은 애써 웃는다.

사실은 늘 웃음 지으며 사는 사람이 더 큰 마음의 짐을 지고 살곤 한다.

눈물과 웃음이 어우러져 우리 삶이 보석처럼 단단해진다.

나무 생채기에서 흐르는 수액이 굳어진 영롱한 보석이 호박이다.

호박은 불순물을 많이 함유할수록 가치가 더 높아지는 유일한 보석이다.

우리는 인내하고 애써 웃으며 가치가 높은 호박이 되어가고 있다.

맑은 날과 궂은 날이 번갈아 오는 것처럼 인생은 웃음과 눈물의 연속이다.

웃기만 할 수 있는 인생도 없고, 눈물 짓기만 하는 인생도 없다.

웃으며 살다가도 눈물 지을 수밖에 없는 때가 오고, 평생 울기만 할 것 같다가도 웃는 날이 온다.

하늘이 보이지 않고 많이 흐려도 괜찮다.

어차피 저 구름 뒤엔 푸른 하늘이 있으니 말이다.

그런데 머리를 땅에 처박고 앞만 보며 정신 없이 살다 보면 나도 가끔 그 사실을 잊곤 한다.

11

인생에 조연은 없다

긴 겨울에 지쳐갈 때쯤 사람들은 말한다.

따스한 봄을 맞기 위해 추운 겨울을 버티는 거라고.

겨울은 찬란한 봄을 위한 조연쯤으로 생각하곤 한다.

4계절이 있는 나라에서 무려 4분의 1의 지분을 차지하는데 고작

겨울 지나 봄이 오니까 의미가 있다고 생각하면 겨울 입장에서

는 얼마나 억울할까.

게다가 기간도 제일 긴데 말이다.

겨울에는 모든 것이 멈춰 있는 것 같다.

내 아이가 어렸을 때를 떠올려 본다.

종일 부산하게 움직일 때는 잘 모르지만 고이 잠들어 동작을 멈

춘 아이의 얼굴을 찬찬히 들여다볼 때는 깨닫게 된다.

'내 아이가 이렇게 생겼구나.'

피곤한 몸을 누이고 곤히 잠든 아내의 얼굴을 바라볼 때도 그런

생각이 들곤 한다.

모든 것이 잠들어 있는 듯한 겨울에 우리는 자신을 더 잘 들여다 볼 수 있다.

겨울이 혹독할수록 따스한 봄이 기다려지기는 한다.

그래도 단순히 조연으로 남기기에는 겨울 자체의 의미가 크다.

'빨리 이 추운 겨울이 지나갔으면.' 하고 바라지만 오롯이 겨울을 잘 보내야 다가오는 화사한 계절을 누릴 수 있다.

봄에 새싹이 트는 건 겨울이 잘 보듬어줬기에 가능한 것이다.

모든 것이 얼어붙은 겨울이지만 꽁꽁 언 땅속에서는 여전히 생명이 자라고 있다.

생명은 그리 쉽게 사그라들지 않는다.

아무리 춥고 척박해도 말이다.

사실 동토의 헐벗고 메마른 가지들을 보면 멈춰 있는 것처럼 보이지만 자세히 들여다보면 앙상한 가지들이 쉬지 않고 흔들리고 있다.

풍성한 이파리들이 없으니 잘 보이지 않을 뿐이다.

아니, 그 앙상함이 주는 쓸쓸함에 물들기 싫어 겨울에는 헐벗은 가지들을 잘 쳐다보지 않기 때문인지도 모르겠다.

추운 겨울에도 모든 가지가 쉬지 않고 흔들리며 체력을 키우고, 차가운 땅속에서는 곧 움틀 씨앗들이 사투를 벌이며 영양분을 비축하고 있다.

이 혹독한 겨울을 보내지 않으면 단단한 나무를 얻을 수 없다.

봄을 기다리는 마음이야 설레고 간질간질하지만 겨울도 그 자체로 귀하다.

겨울을 잘 보내지 않으면 꽃피는 봄은 오지 않는다.

'왜 내 인생은 늘 겨울이지?'

이런 생각이 들 때가 있다.

누구에게나 겨울이 가장 길다.

그러나 겨울은 조연이 아니다.

겨울도 귀하고 소중하다.

인생의 주연은 자기 자신이다.

그리고 추운 겨울을 잘 보내면 화사한 봄은 분명히 온다.

12
파도의 이유

"바다 보러 가고 싶다."

얼마 전 힘든 일을 겪은 친구를 위로하는데 한바탕 눈물을 쏟아
내더니 대뜸 바다가 보고 싶다고 한다.

나도 힘든 일이 있을 때면 종종 바다가 보고 싶어지곤 한다.

내 의지로 운전대를 잡고 갈 수 있는 가장 먼 곳이기 때문이다.

내 발로 설 수 있는 마지막 땅끝이기 때문이다.

탁 트인 바다를 보고 숨을 한 번 크게 쉬면 마음이 시원해진다.

그러나 잔잔한 바다는 없다.

멀리서 바다를 보면 잔잔하고 평화로워 보이지만 가까이서 보
면 크고 작은 파도가 쉴 새 없이 계속 넘실대고 있다.

얼핏 보면 시원한 푸른 색이지만 자세히 보면 삼킬 듯 달려드는
시커먼 속이 무섭기도 하다.

먼발치에서 다른 사람의 인생을 바라보면 평안하고 무난해 보이곤 한다.

그러나 가까이서 한 겹 들춰보면 누구나 많은 아픔과 갈등을 안고 살아간다.

예외 없이 저마다 눈물 없이는 들을 수 없는 사연들을 품고 있다.

모든 사람의 마음에는 크든 작든 파도가 일렁이고 있다.

파도 없는 바다는 없다.

그 뜨거운 태양도 너그럽게 받아주고, 아스라한 달빛도 살포시 품어주는 바다는 저마다의 크고 작은 사연과 한숨을 다 받아내니 파도가 멈출 새가 없다. 바다에 한숨을 덜어내고 파도 하나 보태고 나면 또 돌아서 일상으로 돌아온다.

이런 일도 인생의 루틴이 되어간다.

그렇게 우리도 바다가 되어간다.

13
흐르는 강물처럼

브래트 피트가 주연한 영화 〈흐르는 강물처럼〉에서는 부자가
함께 강에 들어가 낚시를 하는 장면이 아주 인상 깊었다.

화면 가득 차는 멋진 계곡에서 목사인 아버지와 반항아인 둘째
아들이 함께 낚시를 하는 장면은 〈8월의 크리스마스〉, 〈쇼생크
탈출〉 영화 포스터와 함께 어린 시절 오랜 시간 내 방에 걸려 있
었다.

나는 이렇게 잔상이 오랜 시간 남는 영화를 좋아한다.

사실 이런 영화들도 가만히 들여다보면 잔잔한 것이 아니라 참
스펙터클한 인생을 말하고 있다.

흔히 인생은 강물처럼 흘러간다고 하지만 사실 높은 곳에서 낮
은 곳으로 정해진 길을 유유히 흘러가는 강물과는 다르다.

생각대로, 계획대로 살아지는 경우는 거의 없기 때문이다.

그때그때 상황에 맞게 살다 한참 후에 뒤돌아보면 내 계획과 아

주 다른 방향으로 흘러왔음을 깨닫곤 한다.

아예 내 계획대로 흘러온 적은 한 번도 없다고 하는 것이 더 맞을 것 같다.

그래서 때론 폭포수를 거슬러 오르는 느낌을 받기도 한다.

아주 오랜만에 옛 친구들을 만나면 서로 변한 모습에 깜짝 놀라곤 한다.

유유하고 도도하게 흘러온 인생이 아니라 파도 치고 급변하는 인생을 살아온 것이 그새 더 늘어나 깊게 팬 주름 속에 훤히 보이기 때문이다.

길게 설명하지 않아도 헤쳐온 세상이 얼마나 험난했는지 알기에 서로 덥석 어깨동무를 하게 된다.

외모는 많이 변했지만 그렇게 또 함께 시간을 보내다 보면 변하지 않은 옛 모습들이 보여 더 애틋해진다.

길을 잃지 않기 위해 가끔씩은 고개를 들어 멀리 내다보기도 하지만, 결국 발끝을 바라보며 한 발 한 발 조심스레 내딛는 게 우리네 일상이다.

걷다가 넘어지는 것은 큰 바위 때문이 아니라 늘 발 앞의 작은 돌멩이 때문이다.

그렇게 한 걸음씩 뚜벅뚜벅 걷다 고개를 들어 살펴보면 또 전혀 예상치 못한 방향으로 흘러왔음을 깨닫게 된다.

"힘내. 지금 잘하고 있어."

친구들과 헤어지며 서로에게 응원의 말을 건넸다.

서로에게 모두 큰 위로가 되는 말이었다.

손을 흔들고 돌아서 각기 제 길로 걸어가는 친구들이 마치 제 갈래로 흐르는 강물처럼 보였다.

14
안개 같은 인생

"이 지역은 안개가 많이 끼는데 오늘은 안개가 특히 더 심합니다."

모처럼 새벽에 골프를 나갔는데 안개가 심해 티샷을 하려 해도
그야말로 한 치 앞도 보이지 않았다.
안개가 내 몸을 휘감다 못해 아예 등 뒤에서 와락 안고 있는 느
낌이 들 정도여서 조금 두렵기까지 했다.
우리를 감싸고 있는 불투명한 회색빛 안개가 살아 움직이는 듯
했다.

"앞이 하나도 보이지 않는데 어떻게 공을 치죠?"
캐디가 웃으며 대답했다.
"저걸 보고 치시면 아무 문제 없어요."
캐디가 가리킨 바닥을 보니 빨간색 화살표가 놓여 있었다.

1미터 앞도 보이지 않았지만 작은 화살표 하나를 믿고 안개 속으로 힘껏 공을 때려 보냈다.

스윙만 보고도 방향과 거리를 짐작해 기가 막히게 공을 찾아서 세컨드 샷을 하게 해주는 노련한 캐디 덕을 보기도 했지만, 조금 걸어가 보면 깜깜한 안개 속으로 사라졌다가도 길을 잃지 않은 골프공의 자태가 그렇게 예뻐 보일 수 없었다.

"이런 안개 속에서 골프를 치는 것은 꼭 우리 인생 같지 않아요?"

무심코 건넨 캐디의 한마디가 왜 이리 오래도록 가슴에 남는지 모르겠다.

한 치 앞도 보이지 않는 인생이지만 작은 화살표 하나라도 있으면 길을 잃지 않을 것 같다.

늘 탄탄대로만 걷는 인생은 없다.

살다 보면 눈앞에 보이는 길이 가파르고 험하거나, 멀쩡하던 길이 갑자기 없어지는 경우도 있다.

빨리 간다고 성공한 인생은 아니다.

조금 시간이 지나면 결국 서둘러 먼저 길을 떠난 사람들과 다 만나게 된다.

나만의 속도로, 내가 갈 수 있는 곳까지 가면 된다.

뒤처지는 게 아니다.

찬찬히라도 계속 걸으면 된다.

자신만의 보폭으로.

잊을 만하면 나타나는 노랑 화살표를 보고 순례자들이 걷는 산티아고 길처럼 인생길에서 내가 조금 먼저 가서 뒤따라올 사람을 위해 화살표 하나 슬쩍 던져 놓는 것도 좋을 것 같다.

샤워할 때마다 머리카락이 한 움큼씩 빠지고, 노안으로 글씨는 점점 더 흐리게 보이지만, 축축하고 무거운 안개 속에서도 화살표 방향으로 걷고 있다고 생각하면 잠깐 털썩 엎어져도 꽤 괜찮은 인생이다.

멀지 않아 햇빛이 그 자태를 드러내면 언제 그랬냐는 듯 안개가 모두 사라지니 말이다.

15
세상에서 가장 어려운 문제

누구나 크고 작은 고민과 문제를 안고 살아간다.

옆에서 위로해준답시고 "너무 신경 쓰지 말고 다 잊어버려."라고 쉽게 말한다.

남들이 보기엔 그렇게 쉬워 보인다.

그래서 이러쿵저러쿵 훈수를 두는 것이다.

답이 뻔히 보이기 때문이다.

그러나 상대방의 상황과 아픔을 헤아려 조심하고 또 조심해서 건네야 하는 것이 조언이다.

기어코 내뱉어야 시원해지는 말이 조언은 아니다.

조언은 상대방이 원할 때 해주는 것이다.

하찮아 보이는 일들도 막상 자신에게 닥칠 때는 그리 쉬운 문제가 아니다.

지구 반대편의 대규모 환경 오염보다 당장 내 손가락에 박힌 작은 가시가 더 신경 쓰이는 법이다.

인생의 답은 말이나 가르침이 아니라 직접 체험하고 부딪히는 경험을 통해 증명된다.

문제에 대한 답을 던져주는 사람보다
말없이 고개를 끄덕이며 "그랬구나."라며
내 이야기를 찬찬히 들어주는 사람에게 더 마음이 간다.
사실 진정으로 상대방을 걱정하고 위하는 사람은 말을 많이 하지 않는다.
상대방에게 필요한 것은 조언이 아니라 공감임을 알기 때문이다.

세상에서 가장 어려운 문제는 '지금 내게 주어진 문제'다.
그러니 너무 고민할 필요 없다.

너무 힘들어하지 않아도 된다.

오히려 스스로의 어깨를 토닥거려줘야 한다.

우리는 지금 인생에서 가장 어려운 문제를 풀고 있는 중이니까.

16

말 한마디

말 한마디에도 체온이 담긴다.

내 입에서 나간 것이 말이 아니라 상대방의 귀를 통해 마음까지

도달한 것이 말이기 때문이다.

우리는 어려움을 겪는 사람에게 '힘내'라는 위로를 하고는 한다.

그런 위로를 건네는 사람도 별다른 도움을 줄 수 없어 그저 그렇

게라도 위로할 뿐이다.

그러나 정말 힘든 상황을 겪어본 사람은 안다.

진짜 힘든 상황에서는 힘을 낼 수 없다는 것을 말이다.

그저 버틸 뿐이다.

나이가 들수록 장례식에 가야 하는 경우가 많아진다.

내가 참석해 본 장례식 중에 가장 가슴 아픈 경우가 자녀 상을

당한 경우다.

은행에서 근무할 때 친하게 지내던 지점장님의 아들이 사고로

먼저 세상을 떠서 조문을 갔었다.

너무 슬퍼해서 말도 붙이지 못하고 그냥 밤 깊도록 한참 같이 있다가 돌아왔다.

나중에 만났을 때 지점장님이 당시 상황을 덤덤히 설명했다.

"다들 힘내라고 하셨지만 사실 하나도 마음에 와닿지 않았어요. 그런데 어느 한 분의 위로에 큰 힘이 되더군요. '너무 힘드시죠. 저도 작년에 외동딸을 먼저 보냈답니다.'라는 말이었어요."

말 한마디는 결코 가볍지 않다.

한마디 말로 다시 일어서기도 하고 평생 살아갈 힘을 얻기도 한다.

주위에 유독 힘들어하는 사람들이 많다.

나도 그분들에게 결코 가볍지 않게 온 마음을 다해 이 말을 전하고 싶다.

"요즘 많이 힘드신 거 잘 알아요. 그래도 모두 힘냅시다!"

17
초보 예찬

하루를 돌아볼 때 후회 없는 날이 있던가?

매일이 후회로 가슴을 치거나 하염없이 이불킥을 하는 날들의

연속이다.

'오늘은 또 어떤 일이 기다리고 있을까?'

아침에 눈을 뜰 때면 걱정 반 기대 반으로 하루를 맞는다.

하루를 마무리할 때면 늘 후회와 부끄러움이 남는다.

그렇게 징검다리처럼 아슬아슬하게 건너온 하루하루가 우리 인

생을 만든다.

모두 다르게 생긴 하나하나의 그림이 모여 전체의 모자이크를

만드는 것처럼 말이다.

유난히 후회와 회한이 많은 날이었다.

차를 운전하며 지나는데 시내 모 서점에 붙어 있는 문구가 내 마음을 위로했다.

"괜찮아. 우리는 모두 인생에 초보니까."

그렇다.
우린 모두 인생을 처음 살아보는 거다.
초보인데 잘하는 사람이 오히려 더 이상하다.
우리는 모두 초행길인데 오늘 하루 잘 건너오느라 수고한 것이다.
이만하면 초보치곤 꽤 잘 살고 있는 것 아닌가.

2장

세상을 보는 눈이 한 뼘 더
익어가는 나이
:

인생을 보는 눈이 더 성숙해지고 익어가는 이야기들

1

한 번쯤 멈출 수밖에

아침 산책 중에 콘크리트 길가에 핀 작은 꽃이 눈에 들어와 허리를 구푸렸다.

나라님이 지나가도 뻣뻣한 내 허리를 이 작은 꽃은 늘 겸손하게 만든다.

세상에서 가장 아름다운 것이 무엇일까?

'아, 아름답다.'라고 느낄 수 있는 우리 눈과 마음이 아닐까?

길가에 수줍게 핀 이름 모를 작은 꽃 하나를 발견하곤 몸을 낮춰 눈으로 쓰다듬는 그 마음이 아닐까?

키가 작아 땅과 가까운 이 꽃을 이리저리 눈으로 보듬으며 땅의 냉기가 얼굴에 느껴질 만큼 쪼그리고 앉아 사진을 찍을 때 나는 아직 내 심장이 뛰고 있음을 느낀다.

20대에는 계속 더 앞으로 치달려가야 할 것 같고

30대에는 계속 더 넓은 곳으로 나아가야 할 것 같고

40대에는 계속 더 위로 올라가야 할 것 같았는데

50대가 되니 비로소 주위를 돌아보게 된다.

청첩장보다 부고 소식이 더 많은 나이가 되어 한 번씩 걸음을 멈추고 몸을 한껏 낮춰보니 더 많은 세상이 보이기 시작한다.

인생 시계 오후 4시가 되어서야 겸손해지고 낮아지는 인생이 소중한 것이라고 느껴진다.

자의든 타의든 몸을 한껏 낮춰야 할 때가 있다.

외로워야 보이는 세상이 있다.

쓸쓸해야 경험할 수 있는 느낌이 있다.

숨이 가빠 올라야 알게 되는 현실이 있다.

허망한 마음에 뭔가 채우려 여행을 다녔는데 이제는 뭔가 비우러 떠나곤 한다.

비울수록 더 채워지는 깨달음을 얻는다.

가끔은 철퍼덕 넘어지기도 하고 때로는 찬 바닥에 바짝 엎드리
기도 해야 한다.

그렇게 한 번쯤 멈추는 것도 괜찮다.

멈춰야 보이는 것들이 있다.

낮아져야 떠오르는 생각들이 있다.

우리는 그렇게 여물어간다.

그렇게 어른이 되어 간다.

2

개망초

남들이 눈길 주지 않는 누추한 곳에 웅크리고 있다고 존재감이
없는 것은 아니다.
화려한 꽃들이 눈길을 사로잡을 때 한적한 곳에 조용히 피어 있
다고 이름이 없는 것이 아니다.
엄연히 이름이 있지만 이름을 모른다고 사람들이 마음대로 잡
초라 부른다.

어느 날 산책길에 유난히 작고 가녀린 꽃이 눈에 들어왔다.

'개망초'

나무가 귀해 모든 산이 민둥산이던 일제 치하에 우리나라에 들
어온 꽃이다.
경인선 철도 건설용 침목을 수입할 때 미국에서 건너왔다.

이 꽃은 마치 전염병이 퍼지듯이 철도를 통해 전국 방방곡곡으로 퍼져 나갔다.

미국에서는 아프리카에서 노예로 끌려와 고통당했던 흑인들의 꽃이라 불리었다고 한다.

나라가 망할 때 들어와 '망할 망(亡)' 자를 써서 '망초'라고 불리기 시작했다.

먹지도 못하니 쓸모없다 해서 앞에 '개' 자가 붙었다.

'핑크 플리베인'이라는 번듯한 이름도 있는데 말이다.

그래도 계란프라이를 닮아 '계란꽃'이란 부캐도 얻어 배고픔은 면했으니 참 다행이다.

계란을 먹기 힘든 가난한 시절 소꿉놀이에 계란 역할을 충실해 해낸 그 꽃 맞다.

우리 땅에 산 지 얼마 되지 않았다.

그러나 우리나라 전역에서 쉽게 볼 수 있으니 그 악착같은 생명력이 대단하지 않은가.

누가 돌봐주지도 않는데 말이다.

농부들이 잡초라 여겨 제초제를 뿌려가며 제거해도 다음 해에는 어김없이 또 자태를 드러내곤 한다.

함부로 잡초라 부르기엔 오목조목 생김새가 너무 예쁘고, 담고 있는 사연이 너무 절절하다.

게다가 꽃말도 '화해'라고 하니 참 많은 스토리를 담고 있는 꽃이지 않은가.

아무리 살펴봐도 개망초는 우리네 인생하고 많이 닮았다.

세상에는 이름 있는 꽃보다 잡초라 불리는 꽃이 더 많다.

유명한 사람보다 잡초처럼 묵묵히 자신의 자리를 지키는 사람들이 더 많다.

가만히 들여다보면, 평범한 사람도 모두 부모가 정성을 다해 지어준 이름이 있고, 저마다 겪어온 인생스토리가 있다.

꽃도 인생도 허투루 버릴 것은 하나도 없다.

3

라일락이 좋다

"작가님은 어떤 꽃을 좋아하세요?"

각종 예쁜 꽃 사진들이 SNS를 꽉 채우는 봄날에 많이 받는 질문이다.

화사하게 피어나 사람들 마음도 환하게 만들어 주는 벚꽃은 봄의 여왕이다.
흐드러진 벚꽃 아래 있으면 동화 속의 주인공이 된 것처럼 괜스레 들뜨고 기분이 좋아진다.
장범준의 〈벚꽃 엔딩〉이 여기저기서 흘러나오는 계절엔 사춘기 소년도 아니면서 주책맞게 왠지 설레고 밝은 조명 아래 있는 것처럼 기분이 환해진다.

아름다운 벚꽃이 아쉬움을 머금고 땅에 떨어지기 시작할 때 살랑바람과 함께 어디선가 은은한 향기가 나곤 한다.

향기가 나는 쪽으로 고개를 돌려보면 어느 틈엔가 한 구석에 라일락이 수줍게 매달려 있다.

한 번씩 바람이 불어 몸이 크게 흔들리면 그 향기가 더 짙어진다.

겉으론 편안해 보여도 사람들은 누구나 저마다의 삶의 무게를 짊어지고 살고 있다.

누구나 크고 작은 생채기들을 마음에 지니고 살고 있다.

지나간 일은 이미 땅바닥에 떨어진 꽃잎과 같다.

모두 평탄한 삶을 원하지만 가끔은 매정한 바람이 세차게 불어 휘청거리며 흔들리기도 한다.

그러나 바람을 맞아 흔들릴 때 본연의 향기가 나온다.

바람이 강할수록 향기는 더 짙어진다.

잠시 잠깐 화려하게 피어 사람들의 칭송을 받다가 며칠 지나 가
벼운 바람에도 비처럼 땅에 떨어져 금방 잊히는 벚꽃보다, 어디
선가 봄바람에 자신을 내어주고 흔들리며 수줍은 향기를 전해
주는 라일락이 좋은 이유다.
그래서 난 라일락 같은 사람이 좋다.

우리네 삶에는 늘 바람이 분다.
그래서 모두가 흔들리면서 살아내고 있다.
남사스럽게도 라일락의 꽃말은 첫사랑이다.
어릴 적 씹던 향기로운 껌과 비슷한 그 향기가 바람을 타고 흘러
올 때면 마음이 살짝 설레던 이유를 알 것 같다.

4

죽음보다 더 무서운 것

Hodie mihi, cras tibi(호디에 미기, 크라스 티비)

"오늘은 나에게, 내일은 너에게"라는 뜻인데
로마의 한 공동묘지 입구에 새겨진 글이다.

20대 후반부터는 결혼식에 참석할 일이 많아진다.
그런데 나이가 들수록 장례식장에 가야 할 일이 더 많아진다.

지인의 부음을 듣고 장례식장에 간 어느 봄날이었다.
장례식장 입구에는 죽음과 상관없이 벚꽃이 흐드러지게 펴서
스스로 축제를 벌이고 있었다.
장례식장에서는 복도를 채운 근조화환 개수가 살아생전 고인들
의 지위와 계급처럼 보인다.
바로 옆 장례식장은 화환이 복도까지 늘어서고 조문객들이 넘

쳐 나는데 내가 조의를 표하러 간 곳은 조문객이 너무 없어 쓸쓸하기까지 했다.

많은 조문객을 예상해 큰 빈소를 마련하고 장례식장을 지키던 자녀들도 당황해하는 모습이었다.

스치듯 유가족과 인사하곤 오랜만에 만난 지인들과 조우하며 어색한 웃음을 짓는다.

오늘은 누군가를 조문하고 있지만 결국 자신의 순서도 돌아오고 있음을 애써 외면하고 모두 육개장에 코를 묻는다.

요즘에는 앱을 이용해 부음이 전달돼 계좌이체로 조의금을 전달해도 되니 편리해졌지만, 그럼에도 일부러 조문을 가면 서로에게 더 의미 있는 사이였다는 뜻이라 나는 아무리 일정이 많아도 장례식장에는 꼭 얼굴을 비치려 노력한다.

코로나 때 직접 조문을 가지 못했던 몇몇 지인들께 미안한 마음도 들었다.

장례식장에 갈 때마다 드는 생각이 있다.

결혼식은 본인들을 위한 예식이지만 장례식은 죽은 사람이 아니라 남은 사람들을 위한 시간이라는 것이다.

죽음을 가장 가까이에서 마주한 장례식장을 나서면서 늘 죽음이 아닌 삶에 대해 생각한다.

'더 잘 살아야겠구나.'

그래서 마음가짐이 더 경건해지고 옷매무새도 한 번 더 가다듬게 된다.

내 발로 장례식장에 찾아왔다가 돌아가는 횟수가 늘어나는 것은 점점 내 순서가 오고 있다는 의미니까.

고대 로마 시대에는 사제가 전쟁에서 이기고 돌아온 장군들에게 월계관을 씌워주는 관례가 있었다고 한다.

이때 사제는 장군에게 이런 말을 반복했다.

"그대도 언젠가 죽어야 하는 운명임을 명심하시오."

어떻게 살아야 할까.

청소년은 입시를 향해 달려가고

청년은 취업을 위해 달려가고

중년은 성공을 위해 달려가고

장년은 안정을 위해 달려가는데

내일의 나는 무엇을 위해 달려가고 있을까….

결국 이곳에서 만날 텐데 말이다.

조금 더 맛있고 질 좋은 육개장을 대접할 수 있는 것으로 삶의

의미를 대신할 수 없을 텐데 말이다.

죽음보다 무서운 것이 나이 드는 것이라 한다.

그런데 나이 드는 것보다 더 무서운 것은, 나이가 드는 나를 바라보는 것이다.

피해갈 수 없는 그날을 향해 달려가는 지금 우리가 슬퍼해야 할 것이 있다면, 하루하루 나이 들어간다는 사실이 아니라 그만큼 더 성숙해지고 의미 있는 인생을 살고 있지 못한다는 사실 아닐까?

지금 잘 살고 있다면 나이 드는 자신도 대견한 마음으로 바라보며 애틋하게 쓰다듬을 수 있을 것 같다.

흐드러지게 핀 벚꽃도 며칠 지나면 쓰레기가 되어 밟히며 땅바닥에 굴러다닌다.

그러니 내게 주어진 하루하루를 허투루 보낼 수가 없다.

부고를 듣고 교회 예배 후에 장례식장에 조문을 갔다가 화사한 벚꽃 아래에서 시간을 보니 오후 4시였다.

5

인생이 밑지는 장사가 아닌 이유

다이어트를 할 땐 오랜 시간 기를 써도 1킬로 빼기 힘들지만 며칠 방심하면 몇 킬로가 금방 늘어난다.

힘들게 저축해서 목돈을 마련해보지만 생각지도 않은 일이 터져 돈이 어디론가 훅 빠져나가

통장 잔고가 순식간에 텅 비어 버린다.

좋은 사람이 되고 싶어 갖은 애를 쓰지만 말실수 하나로 오랜 시간 공들인 관계가 파탄 나 버리기도 한다.

인생이란 참 허무해 보인다.

아무리 공들여 쌓아도 잠깐 방심하면 무너지고 망가지니 말이다.

그런데 신기한 것은 그렇게 모질고 험한 인생길이지만 돌아보면 그렇게 비틀대면서도 쉬지 않고 앞으로 걸어왔다는 것이다.

평범한 인생처럼 보이지만 장면 장면을 하나씩 뜯어 보면 참 스펙터클하다.

인생이란 가까이에서 보면 비극이지만 멀리서 보면 희극이라는
말이 맞는 것 같다.

어제보다 주름이 하나 더 늘었지만 어디선가 살포시 불어와 푸석
한 뺨을 간지럽히는 산들바람을 반갑게 맞으며, 수줍게 피어나는
꽃봉오리와 눈인사를 나누는 여유로움은 돈 주고 산 것이 아니다.
혼자서 깨닫는 것은 혼자서 태어나는 것만큼 어려운 일이지만
연륜이 쌓이면서 깨달아지는 것들이 있다.
때론 망원경으로 스치듯 멀리 보기도 하고, 현미경으로 세밀하
게 들여다보기도 하는 인생인데 갈수록 클라이맥스를 향해 가
는 영화처럼 더 재미있어진다.

아직 내 인생의 전성기가 오지 않았다고 생각하니 앞으로 나아
갈 때 주저하지 않고, 인내해야 할 때 초조해하지 않고, 후회스

러울 때 낙심하지 않게 된다.

으르렁거리며 날을 세우고 사는 날은 줄어들고 세상 사람들이
나보다 낫다는 겸손한 마음으로 김치 국물 같은 붉은 노을을 바
라보면서 요란하지 않고 차분하게 감사하며 하루를 마감하게
된다.

노래 가사처럼 빈손으로 왔다가 옷 한 벌은 건졌으니 인생이란
적어도 밑지는 장사는 아니기 때문이다.

그래도 노을을 바라볼 때면 때론 두고 온 것들이 생각나 한참을
서서 노을의 일부가 되기도 한다.

6

뒤처지면 좀 어때

성공한 인생이란 어떤 것일까?

흔히 돈이 많은 사람, 큰 업적을 이룬 사람, 높은 지위에 이른 사람 등을 생각하겠지만 이 나이가 되니 어떤 인생이 성공한 인생인지 정의 내리기가 쉽지 않다.

90억을 가진 부자가 100억 부자를 보고 열등감을 느낄 수 있는 반면, 달랑 집 한 채지만 20년 걸려 대출금을 다 갚아 세상을 다 가진 것 같은 행복감이 들기도 하기 때문이다.

돈이 많아도 건강을 잃을 수 있고, 건강하고 돈이 많아도 함께 골프를 즐길 친구가 주위에 남아 있지 않은 경우도 허다하다.

한 친구는 대기업 사장에 올라 모두가 부러워하지만 친구들 모임에서 이렇게 말해서 모두 박장대소를 하기도 했다.

"내 기준에 가장 성공한 사람은 아직도 머리숱이 많은 사람이야."

남들보다 조금 일찍 머리가 빠지기 시작한 그 친구에게는 그럴 법도 한 것이다.

그저 내가 소유하지 못한 것을 가진 사람이 행복해 보이고, 나를 힘들게 하던 문제가 해결되면 행복하게 느껴지는 것이 인생이다.

겉으로 보기엔 그만하면 꽤 괜찮아 보이는데 늘 여유 없이 쫓기듯 치열하게 사는 친구에게 물었다.

"왜 그리 힘들게 살아?"
"뒤처지면 안 되잖아."
"뒤처지면 좀 어때?"
"응?"
"뒤처지는 게 당연한 거잖아. 세상이 너무 빠르니까 조금씩 뒤처지는 게 오히려 당연한 거야."
"..."

"대신 당당하면 돼."

"당당하면 된다고? 뒤처지는데 어떻게 당당해?"

"뒤처지는 게 당연한 거라고, 자연스러운 거라고 생각하면 돼. 대신 비굴해지지는 말자. 어차피 나중에 다 만나니까. 다들 자기만의 보폭이 있는 거잖아. 그냥 우리만의 보폭으로 걸어가면 돼. 길만 잃지 않으면 꽤 괜찮은 인생이야."

친구는 여전히 자신을 돌볼 틈도 없이 치열하게 살고 있지만 인생의 중요한 순간에 정신을 차려보면 늘 나와 같은 곳을 걷고 있었다.

쳇바퀴 도는 듯한 하루하루의 일상은 무의미하고 더디게 느껴지곤 하지만 어느 한 순간에서 돌아보면 인생이 순식간에 지나갔음을 느끼게 된다.

그러니 순간의 감정과 기분이 내 남은 인생을 좌우하게 해서는
안 된다.

너무 서두를 필요도 없지만 쉽게 포기할 필요도 없는 것이 인생
이다.

중요한 것은 느리지만 비굴하지 않고 당당하게 오늘도 한 걸음
내딛는 내 마음이다.

이런 마음을 품는 인생이 성공한 인생이다.

7

지름길은 없다

내가 이루고 싶은 목표를 이미 달성한 사람들이 있다.

내가 갖추고 싶은 것들을 이미 다 갖추고 사는 사람들도 있다.

다른 사람이 거두는 달콤한 열매를 보면 부럽기도 하고 질투도
난다.

그런 열매는 승진처럼 사회생활을 하며 거둔 성과도 있고, 효과
적으로 증식한 재산일 수도 있다.

철저한 자기관리를 통해 이룬 건강일 수도 있고, 번듯하게 잘 키
운 자녀일 수도 있다.

때론 그들의 성공 스토리를 들으며 자신을 채찍질하기도 한다.

그리고 간혹 지금이라도 지름길을 찾으려 애를 쓴다.

대학에서 수십 년간 학생들을 가르친 교수나 회사에서 능력을
발휘해 가장 높은 곳까지 올랐던 능력자들도 귀농해서 농사를
지을라치면 처음부터 배워야 한다.

"어르신, 콩은 언제 심나요?"

평생 농사를 지으신 동네 어르신에게 질문을 하고 몇 월 몇 일에 심는다는 대답을 받아 적으려 해도 돌아오는 대답은 다르다.

"응, 올콩은 감꽃 필 때 심고, 메주콩은 감꽃 질 때 심는 거여."

제대로 콩을 심으려면 감꽃이 언제 피고 지는지를 직접 몸으로 체험해야 한다.

콩 하나 심는 것도 계절을 몇 번 보내야 가능한 일이다.

평생 농사를 지으시고 지금은 나이가 많으셔서 허리를 펴기도 힘들어하시는 어르신들은 이렇게 말씀하시곤 한다.

"한평생 땅만 보고 농사만 지었는데 아직도 농사일은 아는 거보다 모르는 게 훨씬 많아. 해마다 새로 배우는 거투성이라고."

인생에 지름길은 없다.

조금 빨리 가기 위해 젊고 건장한 청년이 온 힘을 다해 단박에 물살 급한 시내를 건넜다고 해서 힘이 없는 노인이나 아직 덜 자란 어린아이가 따라 하다가는 물살에 휩쓸려 떠내려가기 십상이다.

인생에서 지름길은 자기에게 가장 잘 맞는 길이다.

제힘과 처지에 맞게 조금 돌아가는 것이 오히려 지름길이다.

세상 이치를 거스르지 않고 자신에게 맞는 답을 찾아가는 길이 지름길이다.

우리는 때론 지름길인 줄 알고 낭떠러지를 향해 달려가곤 한다.

8

뭐가 그리 급해서

얼마 전에 군대를 막 전역한 한 청년이 자신이 군대에서 쓴 소설을 검토해달라고 부탁해왔다.

당장 내가 읽어야 할 책들도 있고, 회사의 급한 일들도 있어 원고는 두세 달 정도 지나서야 검토할 수 있었다.

한번 원고를 보기 시작하면 일주일은 걸리기 때문에 내 딴에는 늘 그 원고를 책상 위에 두고 기회를 엿보다 가장 빠른 시간을 할애한 것이었다.

그런데 어느새 SNS에서 나를 언팔한 것을 알게 되었다.

아마 자신의 원고를 빨리 검토해주지 않아 실망했던 것 같았다.

알아보니 청년은 자비로 출판해주는 곳을 찾아 출간 준비를 하고 있었다.

원고는 흡인력이 있었고 잔상도 오래 남을 정도로 나쁘지 않았지만 뭔가 어수선해 보였다.

아무래도 첫 원고다 보니 전체적으로 투박하고 어색해 가다듬을 부분도 여러 군데 있었다.

그 상태로 책이 세상에 나오면 나중에 본인이 후회할 것이 뻔했기에 너무 성급하게 생각하는 것이 안타까웠다.

나같이 책을 여러 권 출간한 작가도 원고를 여러 번 수정하고 출판사로 넘겨도 또 수정하고 싶은 곳이 계속 나오기 때문이다.

사실 나도 그렇게 젊은 시절을 조급하게 살았다.

빠른 길을 찾아 헤맸다.

지금이 아니면 영영 기회가 없는 것처럼 보였다.

조금 돌아가도 괜찮다는 선배들의 말은 시답지 않게 들렸다.

그런데 한 해 두 해 연륜과 경험이 쌓이면서 느끼게 되는 것이 있다.

갈수록 나 자신이 너무 빨리 늙고 너무 천천히 현명해진다는 것이다.

자연스레 욕심도 내려놓게 되었다.

아무리 갖고 싶어도, 아무리 품고 싶어도 내 것이 아니면 자연스레 보낼 수 있게 되었다.

성장은 하나씩 더하는 일이고 성숙은 하나씩 버리는 일이라는 말이 피부로 느껴진다.

남에게 배워서 알 수 있는 부분도 있지만, 본인이 살아봐야 배울 수 있는 부분도 있다.

그래서 인생에는 늘 후회가 많은 것이다.

농사는 농부에게 배우는 것이 좋고, 인생은 살아보며 자신에게 배우는 것이 좋다.

그 청년에게 젊은 시절의 내 모습이 보였다.

9

왜 자꾸 싸우라고 하는지

"인생은 누구에게나 굴곡이 있게 마련이야."

"그런데 해도 해도 굴곡이 너무 심한 것 같아요. 이젠 좀 마음 편히 살고 싶어요….."

전 직장 후배가 찾아와 힘들어도 너무 힘들다고 털어놓는다.

요즘 부쩍 여러 가지 일들로 힘들어하는 사람들이 눈에 많이 들어온다.

누구나 사는 게 녹록지 않다.

하늘 한 번 올려다보기도 쉽지 않다.

편히 잠드는 날도 부쩍 줄어들었다.

그래서 요즘은 '살아간다'라는 표현보다 '살아낸다'라는 표현에 더 마음이 간다.

'살다 보면 살아진다'는 구성진 노랫가락이 마음 깊이 파고든다.

인생에서 가장 힘든 경험이 때론 가장 많이 성장하게 한다.

가장 힘들고 고통스러운 경험은 인생에서 가장 중요하고 영향력 있는 경험이다.

그런데 어떤 때는 성장하지 않아도 괜찮으니 아프지 않았으면 싶기도 하다.

너무 경쟁이 치열해 숨을 쉬기 어려운 세상이다.

남을 이겨야 내가 산다고 한다.

어떻게 지내냐는 안부 전화에 "겨우 숨만 쉬면서 살아."라는 대답이 이상하게 들리지 않는다.

사회적 분위기가 모든 존재와 관계를 경쟁상대로 인식하게 만들어 간다.

친구와 산길을 걷다가 곰을 만났을 때 무사히 살아날 수 있는 방법은 방금까지 같이 걷던 친구보다 한 발짝 빨리 도망치는 것이라고 하지 않는가.

경쟁이 너무 심한 사회를 살아내느라 남과 피 터지게 싸워 성한 곳 없이 너덜너덜한데 이제는 하다 하다 자기 자신과 싸워 이기라 한다.

자기 자신조차 싸워 이길 존재로 인식하게끔 만들어가고 있다.

왜 자꾸 이 세상을 격투기장으로 만드는지 모르겠다.

그러니 눈을 뜨는 순간부터 일상이 힘들고 팍팍하다.

남과 비교하지 말고 어제의 나와 비교하라고도 한다.

매일 성장하는 것은 좋은 일이지만 심리학적인 관점에서도 자꾸 남과 비교하는 것은 정신건강에 좋지 않다고 한다.

비교당하는 것보다 비교하는 것이 나아서 선수 치는 것이라는 사람도 있지만 사실 비교하는 자나 비교당하는 자나 거기서 거

2장

기다.

신영복 교수의 말처럼 히말라야의 토끼가 평지의 코끼리보다 키가 큰 것이 아니다.

조금 늦게 가는 것도 괜찮다.

오히려 한 발짝 뒤에서 가면 더 많은 것이 보인다.

저만치 앞서가는 사람은 자신의 뒷모습은 보지 못한다.

그래도 계속 가다 보면 결국 먼저 간 사람과 다 만난다.

위험하게 나를 추월해간 차를 다음 교통신호에서 만나는 것처럼 말이다.

이 시대 최고의 지성인이라 인정받았던 이어령 박사는《이어령의 마지막 수업》에서 스스로 실패한 삶을 살았다고 했다.

혼자서 자신의 그림자만 보고 달려왔기 때문이라는 것이다.

동행자 없이 혼자 숨 가쁘게 달려왔기 때문이라는 것이다.

더러는 동행자가 있다고 생각했지만 나중에 보니 경쟁자였음을
깨달았다고 했다.

그러나 이분의 삶은 성공과 실패를 넘어 많은 사람들에게 선물
처럼 영향력을 주고 있다.

"내 것인 줄 알았으나 받은 모든 것이 선물이었다."

이어령 박사가 세상을 떠나기 전 기자와의 마지막 대담에서 건
넨 말이다.

단순히 자신만 선물을 받은 것이 아니라 많은 사람들에게 선물
을 주고 그는 돌아올 수 없는 길을 떠났다.

하루하루 열심히 사는 목적은 이기기 위해서가 아니라 내게 주
어진 선물 같은 하루를 누리기 위해서다.

주어진 하루를 가장 잘 누리는 사람이 가장 행복한 사람이다.

선물같이 주어진 하루를 감사함으로 시작하는 것이 가장 현명한 인생이다.

당연히 주어지는 것 같지만 누구에게나 주어지는 하루는 아니기 때문에 말이다.

지금처럼 야무지게 살아내면 된다.

그러다 힘들면 고개 들어 하늘 한 번씩 보면서 말이다.

가끔 잊기는 하지만 하늘은 여전히 늘 저리 예쁘지 않은가.

싸워서 쟁취한 하루보다 누릴 수 있는 하루가 더 값지지 않겠는가.

생각을 조금만 바꾸면 이미 우리에게 큰 선물이 주어져 있음을 알게 된다.

10
로또는 언제 사야 할까

우리 동네에는 로또 명당이 있다.

1등 당첨자가 꽤 여러 번 나왔다고 한다.

언제나 이 로또 판매점에는 긴 줄이 있다.

'저렇게 많은 사람이 로또를 사니 당첨될 확률이 높아지는 것이 당연한 것 아닌가?'라는 생각이 들기도 한다.

재미있는 것은, 매일같이 로또 판매점 바로 앞에서 스님 한 분이 길게 줄을 선 사람들을 향해 시주함을 놓고 목탁을 두들긴다.

일확천금을 노리는 욕심을 내려놓고 차라리 그 돈으로 시주를 하라는 의미인 것 같다.

로또를 통해 팔자를 고치고 싶어 줄을 서 있는 사람들은 마음이 불편할 것 같다.

내 주위에도 로또를 사는 사람들이 많다.

나도 가끔 강의 중 상품으로 연금복권을 준비하기도 하는데 당첨이 되든 안 되든 아주 인기가 많다.

뜬금없는 질문 같지만 로또는 언제 사야 할까?

정답은 가장 빠른 시간에 사는 것이다.

로또를 사면 지갑에 고이 접어 넣는 순간부터 상상이 시작된다.

1등 당첨되면 "내 퇴직금은 여러분들 회식으로 쓰세요."라고 하며 일단 회사부터 때려치워야지. 대출금부터 먼저 갚고, 차도 바꾸고, 조카들 학비도 다 대주고, 어려운 사람도 돕고, 부모님과 세계 일주도 해야지.

이런 상상을 하게 된다.

내 생각에 로또의 기능은 딱 거기까지다.

잠깐의 상상으로 기분이 좋아지는 것 말이다.

그러니 로또는 추첨 임박해서 사는 것보다 가능하면 일찍 사는 것이 좋다.

오천 원 혹은 만 원 지출해서 일주일 내내 그런 기분 좋은 상상을 할 수 있다면 그 정도 지출은 꽤 괜찮지 않을까?

추첨 시간 임박해서 로또를 사는 사람은 뭔가 이상해 보인다.

어차피 당첨되지도 않을 텐데 말이다.

로또 판매점의 긴 줄을 보며 지나치다가 깜짝 놀란 적이 있다.

줄을 선 사람들이 대부분 젊은 층이었기 때문이다.

통계적으로 검증된 것은 아니지만 내 생각에 로또 구매 연령층이 전보다 더 낮아진 것 같아서 마음 한편이 아렸다.

앞마당에서 행복이 기다리고 있는데 뒷마당에서 행운을 준다는 네 잎 클로버를 찾아 헤매는 것은 아닌가 하고 말이다.

행운의 네 잎 클로버를 찾느라 마구 밟아버리는 세 잎 클로버의 상징이 '행복'인 것은 아이러니다.

일확천금의 행운은 보통사람에게는 좀처럼 찾아오지 않는다.

청춘들에게 현실이 너무 힘드니 로또라도 사는 심정은 이해가
간다.

그러나 이것 하나는 확실하다.

30년 후에도 많은 젊은이들이 지금의 우리를 부러워하며 신세
를 한탄하고 있을 것이다.

세대가 달라도 자기가 살아내는 세대는 모두 힘들다.

인생의 로또는 없다.

내가 살아가는 길이 로또다.

행복과 행운은 생각의 차이다.

11

중년의 서재

우리 집 거실에는 TV가 없다.

거실 정면에는 책들이 빼곡히 들어선 책장이 차지하고 있다.

늘 책을 읽는 소파에 앉아서 고개를 들면 정면에 이 책장이 보인다.

말하자면 이 공간이 내 서재이고, 놀이터다.

눈이 아플 정도로 책들이 빼곡히 꽂혀 있지만 나름 다 의미와 질서가 있다.

맨 윗줄은 언젠가 책을 쓸 때 참고할 책,

그 아랫줄은 다시 읽을 책,

그 옆줄부터 아랫줄은 이미 읽은 책,

그 왼쪽은 아직 읽지 않은 책,

맨 아랫줄은 누가 달라고 하면 줘도 되는 책,

오른쪽 칸은 저자 사인을 받은 책.

그리고 그 안에서도 인문학, 경영학, 예술, 자기계발서, 에세이, 소설, 종교서적 등으로 나름 구분되어 자리를 잡고 있다.

소파에 앉아 나만 알아볼 수 있는 규칙대로 자리를 차지하고 있는 이 책들을 바라보고 있으면 그 의미가 눈에 보여 마치 테트리스를 하듯이 재미있다.

어떤 때는 1만 피스짜리 퍼즐을 맞추는 기분이 들기도 한다.

늘 앉아 책을 읽는 공간이지만 잠 못 이루는 새벽에 위산 때문에 쓰린 속을 달래며 앉아 사색을 할 때의 이 공간은 의미가 다르다.

때론 숙면을 포기하고 선잠에 새벽을 맞지만, 책을 읽다가 어슴푸레 동이 터오는 창문을 바라볼 때면 선물처럼 새로운 하루가 주어진 것에 감사하게 된다.

새로운 새벽 공기를 마신다는 것

멀쩡히 큰 불편 없이 숨을 쉰다는 것

냉수 한 컵 들이켜고 마음을 가다듬으며 찬찬히 생각에 잠긴다

는 것

주섬주섬 짐을 챙겨 나갈 일터가 있다는 것

이 모든 것이 하루가 또 선물처럼 주어졌다는 의미다.

이 하루가 모두에게 주어지는 하루는 아니기에 소중하게 보듬

어야 하는 시간이다.

나만의 서재에 책장을 마주 보고 앉으면 늘 겸손한 철학자가 된다.

12

그 페이지는 왜 접어 놓았을까

오늘도 새벽에 눈이 떠져 책장을 찬찬히 살펴보다가 오래전 읽었던 책 한 권을 꺼내 든다.
책장을 펼치니 어느 페이지가 곱게 접혀 있다.

분명 접어놓은 이유가 있을 텐데
당시는 내게 큰 의미였을 텐데
미래의 내가 보고 무엇인가 느끼라는 메시지였을 텐데
그 이유가 생각이 나질 않았다.

시간의 흐름에 익숙해지면 순간의 절실함도 평범한 하나의 호흡이었음을 느끼게 된다.
지금 내게 지구가 무너질 것처럼 절망스럽거나 힘든 순간도 시간이 지나고 나면 그다지 큰일이 아니었음을 깨닫곤 한다.
그런데 왜 그렇게 마음 졸이고 아등바등하며 기어코 한 페이지를 또 꾹꾹 접어 놓았을까.

새로운 하루를 시작한다는 건 인생의 한 페이지를 접는다는 의
미이다.
이 페이지는 남은 내 인생에 어떤 의미로 남게 될까.
먼 훗날 이 한 페이지는 어떤 기억으로 다가올까.
미래에도 기억될 의미 있는 한 페이지로 만들기 위해 오늘도 비
장한 마음으로 신발 끈을 다시 매고 집을 나선다.

13

커피에서 낙엽 태우는 냄새가 난다

토요일 오전은 일주일 중 내가 가장 좋아하는 시간이다.
한가하고 여유 있는 이 시간에 마시는 커피 때문이다.
커피를 내릴 때 집 안에 향기로운 커피향이 묵직하게 퍼지면 마음이 편안해진다.
커피를 내릴 때면 중학생 때 교과서에 실렸던 이효석의 〈낙엽을 태우며〉라는 수필이 생각난다.
작가는 낙엽을 태울 때 "갓 볶아낸 커피 냄새가 난다."라고 했다.
이 수필을 읽고는 커피를 먹어 본 적도 없던 그 어린 시절부터 '마당 있는 집에서 가을이면 낙엽을 쓸어 모아 태우며 커피를 마시는 낭만'을 꿈꿔왔었다.
지금은 아파트에 사느라 마당이 없어 낙엽을 태우진 못하지만 자신의 역할을 다 감당하고 땅바닥에 떨어져 축 늘어진 낙엽을 밟을 때면 '참 애썼다.'라고 속삭이곤 한다.

인생이 이 커피잔 안에 다 담겨있는 듯하다.

때론 쓰고, 때론 시큼하고, 때론 달달하니까.

시커메서 속이 보이지도 않고, 뭐가 들어있는지 알 수도 없다.

그래서 한마디로 설명하기 힘든 커피의 오묘한 맛에 중독되어
가는지도 모르겠다. 쓰고 진한 맛 뒤로 코끝에 대롱 달려 여운을
남기는 향긋한 풍미도 좋다.

평생 쓴맛을 많이 보고 살았으니 달달한 믹스커피 한 모금도 나
쁘지 않다.

어떻게 커피 맛을 한마디로 정의할 수 있을까.

인생을 어떻게 한마디로 설명할 수 있을까.

'낙엽을 태우며' 대신 '커피를 마시며'란 글을 자주 쓰는 나도 작
가의 나이가 되니 낙엽도, 커피도 더 애틋해진다.

나이가 들수록 커피에서 낙엽 태우는 냄새가 난다.

14
콜라 그까짓 거

토요일 점심에는 가끔씩 배달 음식을 시켜 먹곤 한다.

하루는 햄버거 세트메뉴 3개를 시켰더니 금방 배달을 왔다.

그런데 문을 열었더니 배달하는 청년의 오토바이 헬멧 속 표정이 완전 죽을상이었다.

"저기 입구 계단에서 뛰어오르다가 넘어져서 콜라를 쏟아버렸어요. 일단 이거 드시면 제가 다시 사다 드릴게요. 정말 죄송합니다."

우리 집이 1층인데 아마 입구 계단에서 넘어진 것 같았다.

안 그래도 우리 집은 배달을 시킬 때 요청사항에 "조심해서 안전하게 배달해주세요."라고 적는데 배달이 많은 주말이라 너무 서두른 모양이었다.

세트 중 콜라 두 잔이 쏟아져서 나머지 메뉴에도 콜라가 흥건

했다.

"아니에요, 괜찮아요. 다시 사 오실 필요 없어요. 이거 먹으면 돼
요. 근데 몸은 괜찮아요? 안 다치셨어요?"
다시 사 올 필요 없다고 하자 활짝 웃더니 무거운 헬멧이 땅에
떨어지듯이 몇 번이고 허릴 숙여 인사를 한다.
"고맙습니다. 정말 죄송합니다."
그리고 돌아서 가는데 다리를 조금 쩔뚝거린다.

부엌으로 와서 콜라 1컵을 3잔으로 만들고, 쏟은 콜라를 대충 닦
은 후 아이들과 먹는데 자꾸 쩔뚝거리는 뒷모습이 떠올랐다.
우리 집 현관 앞에서 초인종을 누르기 전에 얼마나 마음을 졸였
을까.
아이들도 걱정이 되는 눈치였다.

'아까 다리를 다친 것 같던데…'

그 어느 때보다 취업이 어려운 시기에 열심히 일하는 청년들을 보면 대견하기도 하고 안쓰럽기도 하다.

그리고 불평 없이 콜라로 축축해진 햄버거를 맛있게 먹는 아이들도 대견하다는 생각이 들었다.

눈물 젖은 빵을 먹으며 사는 사람도 있는데 콜라 젖은 햄버거도 나중에는 추억거리가 되겠지.

15
우리 집이 마지막 집이기를

"너무 늦은 시간이라 문 앞에 놓고 갑니다."

아침에 일어나보니 택배 아저씨가 보낸 문자가 들어와 있었다.
문자가 도착한 시각은 새벽 1시 15분이었다.
사실 택배를 배달하신 분이 남자인지 여자인지 보진 못했지만
남성이란 생각이 들어 아저씨라 표현했다.

〈개통〉이라는 제목의 유명한 그림이 있다.
2차대전 당시 연합군과 독일군의 격전장에서 연합군이 후방 지
원군과 연락이 두절되었다.
그러자 한 통신병이 빗발치는 폭탄 밭을 뛰어 통신 선로가 단선
된 부분을 찾아 나서게 된다.
결국 단선된 부분을 찾았지만 순간 폭격을 받았고, 그 통신병은
단절된 두 전선을 연결시키려고 양손으로 쥔 상태로 죽었다.

그 장면을 그린 것이 〈개통〉이라는 그림이다.

영화 〈1917〉에서도 전우들을 살리기 위해 온갖 죽을 고비를 넘겨 가며 명령을 전달하는 연합군 전령들의 이야기가 나온다.

우리가 잠든 시간 동안 세상은 단절된 것처럼 보인다.

그러나 아무리 이른 시간에 집을 나서도 이미 누군가 우리를 위해 일하고 있는 것을 발견하게 된다.

우리네 평범한 일상은 누군가의 특별한 헌신과 희생 덕분에 서로 이어지고 있다.

코로나 시대를 겪으면서 오히려 남들이 쉴 때 일하는 사람들도 늘어난 것 같다.

아침에 눈뜨자마자 문자를 확인하고는 잠시 기도한다.

'우리 집이 배달 마지막 집이었기를….'

16

'때문에'와 '덕분에'

못된 상사 때문에 힘든 나날을 보냈더니 그 덕분에 힘든 직장생활에 내공이 생겼다.

몹쓸 사내정치 때문에 회사를 나오게 되었는데 그 덕분에 더 좋은 기회를 잡을 수 있었다.

갑작스레 퇴사한 직원 때문에 발을 동동 굴렀는데 그 덕분에 더 좋은 직원을 맞이하게 되었다.

내 등친 놈 때문에 사람을 믿지 못하고 색안경을 끼고 보게 되었는데 그 덕분에 사람 보는 눈이 생겼다.

내 앞으로 억지로 끼어든 차 때문에 긴 신호에 걸렸는데 그 덕분에 마침 라디오에서 내가 제일 좋아하는 노래를 들을 수 있었다.

약속 시간을 제대로 확인하지 못해서 한 시간 일찍 도착했지만 그 덕분에 고소한 카페라떼를 마시며 책을 읽을 수 있었다.

저녁에 배달 앱으로 시킨 식사가 너무 늦게 도착했기 때문에 배도 고프고 화도 났지만 그 덕분에 따로 야식을 먹지 않아도 괜찮았다.

분리수거 때문에 자주 밖에 나가야 했지만 그 덕분에 이웃들과도 눈인사를 시작할 수 있게 되었다.

모처럼 발품 팔아 서점을 찾은 날 내가 찾던 책이 없었기 때문에 허탈했는데 그 덕분에 지금 읽는 좋은 책을 만날 수 있었다.

코로나 때문에 마스크를 쓰고 다니고, 모임도 덜 나가고, 사람도 덜 만나게 되었는데 그 덕분에 겨울마다 애를 먹던 감기도 거의 안 걸리고, 나만의 시간을 더 확보할 수 있었고, 무엇보다 사람들의 눈을 바라볼 수 있게 되었다.

'때문에'와 '덕분에'는 사실 한 끗 차이다.

'때문에'의 눈으로 보느냐, '덕분에'의 눈으로 보느냐에 따라 우리가 누릴 수 있는 세상이 달라진다.

당신 덕분에 세상이 조금은 더 아름다워진다.

나 때문에 힘들어하는 사람들이 없기를 바라본다.

17

나이 들면 뭐가 좋을까

"나이가 들면서 좋은 점은 뭔가요?"

퇴근 후 저녁 시간에 열린 한 북토크에서 한창 강연을 하는데 한
분이 질문을 하셨다.

나는 아직 그 정도로 나이 들지 않았다고 생각했지만 최근 생각
하고 있는 것을 대답했다.

"나이가 들면서 가장 좋은 점은 전보다 어렵지 않게 미련 없이
포기할 수 있다는 것이죠."

움켜쥐려 했던 것들, 내 것이 아닌 것들, 내 편이 아닌 사람들을
보낼 수 있게 되었기 때문이다.

안달복달하지 않고 순리에 순응하게 되었다.

그런데 자연스럽게 포기한다는 의미가 왠지 부정적이고 패배주
의적으로 느껴졌다.

그래서 멋진 말을 생각해냈다.

"나이가 들면 꼭 해야 되는 일보다 하지 않아도 되는 일들이 더 많아집니다. 근사하지 않나요?"

그렇게 생각하면 나이를 먹는다는 것이 참 멋진 일이지 않은가?
비겁하게 보일지도 모르겠다.
답답해 보일 수도 있겠다.
그러나 나이가 드니 아무리 노력해도 내 손에 주어지지 않는 것이 있다는 것, 내가 꾼 꿈은 내 것이 아니었다는 것을 인정하게 되고, 힘들게 움켜쥐었던 것을 내려놓고 보내는 일에도 자연스러워진다.
꿈도, 재물도, 사람도 말이다.
그런데 그 질문을 하신 분은 나보다 열 살은 더 들어 보였다.

18
빵 한 조각, 물 한 모금

누군가에게 쫓기며 미로처럼 생긴 곳을 헤맨다.

한참을 달리고 또 달린다.

중간에 만나는 사람은 모두 내 지인인데도 모르는 체를 한다.

그러곤 자기만의 공간으로 들어가 문을 잠가버린다.

나만 머물 공간이 없다.

그렇게 달리다가 길을 잃는다.

정신을 차리고 보면 아까 그곳이다.

왜 달리는지도 모르고 어딘지도 모르는 곳에서 외롭고 두려운

마음에 갈팡질팡한다.

그러다가 꿈에서 깨어난다.

땀에 흠뻑 젖어있다.

서러움이 온몸을 감싼다.

지금도 가끔 꾸는 꿈이다.

군대에 다시 입대하는 꿈만큼 마음이 뒤숭숭해진다.

무엇이 부족해 꿈속에서도 마음 졸이며 그렇게 달리고 또 달리는 것일까.

우리는 인류역사상 가장 기술이 발전하고 풍요로운 시대를 살고 있다.
그런데 정작 여유를 누리며 행복하게 사는 사람은 그리 많지 않은 것 같다.
빌딩들은 높아지지만 사람들 마음의 키는 더 낮아지는 것처럼 느껴진다.
청년도 줄어들고 있지만 청년 정신은 더 빨리 줄어들고, 노인은 늘어나지만 어른을 찾아보기는 더 힘들어지는 세상이다.
하루 만에 미국과 유럽에 다녀올 수도 있지만 바로 옆집 이웃을 만나기는 더 어렵다.

지금 우린 수세식 화장실이 개발되기 전에 살던 사람들보다 마음이 편하기나 한 걸까?

온 가족이 모여 흑백 TV를 들여다보며 프로레슬링을 시청하던 그 시절보다 더 나아지기나 한 걸까?

금덩어리로 가득 찬 방 안에서 정작 먹을 것이 없어 배를 곯고 있는 상황이 아닌가 모르겠다.

사실 빵 한 조각, 물 한 모금이면 충분히 행복할 수 있는데 말이다.

가질수록 더 결핍감을 느끼는 모순의 시대에 우리는 언제까지 그렇게 쫓기듯 살아가야 할까.

걱정과 염려 없이 잠자리에 드는 날이 많아지려면 무엇을 해야 할지 찾는 것이 지금 주어진 숙제다.

19

꽃 선물 받고 싶어요

"저는 꽃 선물을 가장 받고 싶어요."

결혼기념일에 작은 꽃다발이라도 준비하려고 동네 꽃집에 들러서 사장님과 대화를 나누는 중이었다.

아직 미혼이라는 주인장에게 만일 본인이라면 어떤 선물을 받고 싶은지 물어봤더니 꽃 선물이 받고 싶다는 것이었다.

"여기 꽃이 이렇게 많은데 꽃 선물이 받고 싶다고요?"

"그래서 저는 꽃 선물을 받아본 적이 없어요. 꽃 선물에는 향기와 함께 꽃을 선물하는 사람의 마음과 정성이 가득 담겨 있잖아요. 특히 남자가 꽃을 선물한다는 것은 쉬운 일이 아니란 것을 알거든요."

한번은 먼발치에서 늘 좋은 시선으로 바라보던 사람에게 예쁜 꽃다발을 선물로 받은 적이 있다.

내 또래의 남성은 꽃 선물을 주는 것은 물론 받는 것도 익숙하지가 않지만 왈칵 다가온 꽃향기에 정신이 조금 아찔해지면서 마음이 파르르 떨렸다.

꽃을 보면 '먹지도 못하고 금방 시드는 걸 왜 좋아하지?'라고 생각했었는데 나이가 들수록 꽃이 예뻐 보인다.

결혼기념일에 맞게 예쁘게 구성된 꽃다발을 받아 드니 나도 모르게 코를 가까이 가져가 향기를 맡게 된다.

꽃씨를 뿌리는 사람, 정성스레 물을 주며 키우는 사람, 정성스레 포장해 준 사람의 마음이 다 담겨 있어 향기가 더 진하게 느껴진다.

온통 악취가 진동하는 세상이라 물만 먹어도 그토록 예쁘게 자라는 꽃이 갈수록 더 예뻐질 것 같다.

꽃을 좋아하기 시작하는 것은 여성호르몬이 증가하고 나이가 드는 것이라는 멘트들이 빗발치겠지만 말이다.

20
동전의 앞면과 뒷면

처음 홍콩을 방문했을 때 복잡한 도심의 한가운데서 간판들이 너무 예뻐 연신 사진을 찍어댔었다.

도쿄와 파리를 방문했을 때도 마찬가지였다.

내용을 잘 모르고 읽기도 어려운 간판들이었지만 아기자기하고 예뻐 예술작품으로 보이기까지 했다.

그러나 명동이나 강남에 가서 이런 간판들 가운데 서 있으면 정신이 하나도 없고 현기증이 난다.

모른 척 스치듯 지나가도 무슨 내용인지 뇌에서 인식해버려 모두 사달라고, 한번 입어 달라고, 들어와서 먹어 달라고 쉴 새 없이 말을 걸어오는 통에 어지럽고 불편하면서도 들어주지 못해 괜스레 미안해진다.

그런 복잡한 광경을 신기한 눈으로 사진에 담고 있는 외국인들을 보면 또 재미있어진다.

그저 모르면 예쁜 풍경과 작품이 되지만 아는 만큼 짐이 되기도 한다.

가끔 아는 사람이 없는 곳을 여행하고 싶다.

글씨도 읽을 수 없고 말도 안 통하는 리스본에서 트램을 타고 뒷골목을 여행하다 현지인들만 아는 작은 선술집에 들어가 럼주를 한 잔 시키고 싶다.

복잡한 일상을 잠시 떠나보곤 한다.

한적한 바닷가에 평화로이 떠 있는 작은 배에서는 서울로 유학 보낸 아이들 학비를 벌기 위해 어부가 열심히 그물을 걷어 올리고 있다.

맑은 공기를 위해 찾아 들어간 산속 깊은 골짜기에는 누군가 열심히 장에 내다 팔 약초를 캐고 있다.

경치 좋은 곳의 편안한 숙소에서 사람 좋은 미소로 맞아주는 주인장은 나 덕분에 또 며칠 먹고살 수 있다.

고단하고 번잡한 일상을 피해 큰맘 먹고 도망쳐 찾아간 곳에는 다른 누군가의 치열한 일상이 있다.

마치 서로 영원히 만날 수 없지만 뒤집어보면 상황이 바뀌는 동전의 앞면과 뒷면과 같은 것이 우리네 일상이다.

21

모래집을 짓는 아이처럼

바닷가에서 한 아이가 모래 위에 앉아 한참 집을 짓고 있다.

집을 다 지을 만하면 자꾸 무너지곤 한다.

보다 못한 내가 한마디 거든다.

"거기에 지어봤자 자꾸 무너지는데 뭐 하러 계속 집을 짓는 거니?"

"그래야 계속 집짓기놀이를 할 수 있으니까요."

하루를 시작할 때

'오늘은 또 어떤 신나는 일이 기다리고 있을까.'라고 기대하며

하루를 시작하는 마음과

'오늘도 힘든 하루가 되겠지.'라고 걱정하며 시작하는 마음은

사실은 한 끗 차이다.

하루를 잘 건너가 잠자리에 들 때면 아침에 눈을 떴을 때 무엇을

걱정했었는지 생각도 나지 않는다.

무탈한 일상이 행복임을 느끼게 되는 하루

잠깐 방심하면 철퍼덕 넘어질 것 같은 요즘

오랜만에 오는 연락이 반갑기보다 '혹시 무슨 일이?'라는 생각이

먼저 드는 나날들

평범한 하루가 선물임을 알게 되는 일상이다.

모래 위에 집을 짓는 것처럼 반복되는 일상 속에 평범하고 고단한 하루지만 쉼 없이 흘러가고 있는 이 순간은 일생에 다시 오지 않을 시간이니, 하루하루 소중한 집을 지을 수 있음에 감사하고 즐거운 마음으로 살아가야겠다.

내 부모님도 평생 이렇게 콩닥거리는 심장 부여잡고 모래 위에서 집을 짓고 있는 나를 지켜보며 살아오셨겠지.

22
웃는 것인지 우는 것인지

오래전 어린 아들과 호젓한 숲길을 산책하는 중이었다.

키가 큰 아름드리나무와 기분 좋은 산새들의 울음소리가 끊이

지 않는 오솔길이었다.

그런데 아들이 갑자기 질문을 던졌다.

"우리는 왜 '새가 운다.'라고 해? 외국 동화책에서는 '새가 노래한

다.'라고 하던데…."

갑자기 나도 궁금해졌다.

한 번도 그런 생각을 해 보지 않았기 때문이다.

새는 노래를 하는데 우리는 왜 새가 운다고 표현하는 것일까.

듣는 사람들의 정서 때문에 노랫소리, 웃음소리를 울음소리로

둔갑시킨 것이 아닐까?

울음소리보다는 웃음소리, 노랫소리가 넘쳐 나는 세상이 되면 좋겠다.

이젠 좀 웃고 살아도 되니 말이다.

우리가 한 번 웃으면 세상은 그만큼 더 밝아진다.

23

꿈이 뭐예요?

"작가님은 꿈이 뭐예요?"

독자 한 분이 물어왔다.

아들이 고등학생인데 꿈이 없어서 속상하다는 것이었다.

내가 물었다.

"어머니는 그 나이 때 꿈이 뭐였나요?"

잘 기억이 안 나신다고 했다.

내가 대답했다.

"그러니 너무 급하게 생각하지 마세요. 전 삼십 대 중반이 넘어서
야 꿈을 꾸기 시작했어요. 그리고 지금도 계속 꿈을 꾸고 있어요."

얼마 전에 한 중학교에서 진로와 관련한 특강을 할 때 아이들에
게 꿈을 물었는데 대부분의 아이들이 "○○이 되고 싶다."라며
직업이나 장래 희망을 답했다.

어떻게 살고 싶은지를 대답한 친구는 몇 명 없었는데 한 아이가
대답했다.

"저는 행복하게 사는 것이 꿈이에요."

"그래? 행복하게 사는 것이 어떤 건데?"

"우리 엄마, 아빠처럼 사는 거요."

아이의 눈에 행복하게 사는 것처럼 보이는 부모는 이미 그 꿈을
이룬 게 아닐까.

사람마다 꿈을 꾸는 시기는 조금씩 다른 것 같다.

자녀들이 꾸게 될 꿈에 가장 큰 영향을 미치는 요소는 부모가 어
떻게 사는가이다.

"의사가 되어라, 명문대에 가야 한다, 부자가 되어라, 늘 1등을
해야 한다."라는 말을 듣고 자란 아이들은 어떤 꿈을 꿀까.

아이들에게 독서습관을 길러주기 위한 가장 좋은 방법은 책 좀 읽

으라는 잔소리가 아니라 책 읽는 부모의 모습을 보여주는 것이다.
부모가 행복하게 사는 모습을 보여주는 것이 아이들이 행복한
꿈을 꾸게 하는 가장 좋은 방법이다.

어릴 적에는 꿈을 꾸고 어른이 되어서는 꿈을 이루는 것이라고
말하지만 어릴 적 꾼 꿈을 이룬다고 해서 인생이 끝나는 것이 아
니다.
오히려 꿈은 계속 변하고 심지어 자신의 간절했던 꿈이 무엇이
었는지 가물가물해지기도 한다.

난 아직도 '꿈'이란 단어를 들으면 가슴이 설렌다.
여전히 꿈을 꾸고 있기 때문이다.
그 꿈은 커지기도 하고 변하기도 한다.
은퇴할 나이에 꿈을 꾼다는 것은 남은 인생을 보석처럼 만들 수

있다는 의미다.

인생 후반부는 전반부의 부록이 아니다.

오히려 전반부는 후반부를 위한 예행연습으로 보는 게 맞다.

지금은 본격적인 꿈이 시작되는 시기다.

꿈꾸는 인생이 행복한 인생이다.

인생 시간 오후 4시는 그런 사실을 깨닫는 시간이다.

특강을 마치며 나는 초롱초롱 나를 쳐다보는 아이들에게 이렇게 말했다.

"너희들이 꿈이야."

24

오른손잡이의 왼손처럼

요즘은 남녀노소를 막론하고 SNS를 많이 한다.

SNS에 올라오는 사진들을 보면 나 빼고 못생긴 사람은 없는 것
같다.

서로 소통하고 격려하는 것은 좋지만 자꾸 비교하게 되니 SNS를
통한 소통이 늘 좋은 것만은 아니다.

페이스북 친구들은 나 빼고 모두 사업이 잘되고, 강사들은 매일
좋은 기업에서 강의하고, 자녀들은 모두 좋은 대학에 입학한다.
출간한 책은 모두 대박이 나고 유명인들과 친한 것 같다.

인스타그램 친구들은 나 빼고 모두 외모가 뛰어나고 커피 한잔
을 마셔도 예쁘고 근사한 곳에서 마시며 쉴 새 없이 멋진 곳을
여행하는 것 같다.

링크드인 친구들은 나 빼고 모두 멋진 회사에 다니고, 하루가 멀
다 하고 승진하며, 원하면 회사도 척척 옮기는 것 같다.

트위터 친구들은 나 빼고 모두 뛰어난 정치 비평가들이고 경제학자들이며 트렌드를 선도하는 것 같다.

갈수록 온라인으로 소통하는 경우가 많아지는데 소통도 좋지만 SNS를 하면 할수록 나 빼곤 모두 잘나가는 것 같아 괜스레 위축되고 기분이 다운된다.
오른손잡이의 왼손처럼 말이다.
화려한 엄지나 검지가 아니라 별 주목을 받지 못하는 약지처럼 말이다.

그런데 저렇게 잘나가는 사람들과 개인적으로 만나면 다들 자기가 가장 힘들다고 하소연해댄다.
마치 프랑켄슈타인처럼 두 얼굴을 가지고 이중적인 삶을 사는 느낌이다.

모두가 뛰어난 연기를 하고 있다는 생각이 든다.

그러나 한 가지 기억해야 할 것이 있다.

사실 우리네 평범한 일상은 애써 포장하고 연기해야 할 정도로 못생기지 않았다.

강해 보이려고, 똑똑해 보이려고, 능력이 많은 사람처럼 보이려고 에너지를 낭비할 필요가 없다.

과장된 포장은 결국 벗겨지기 마련이다.

남이 정한 기준은 나를 가두지만, 내가 정한 기준은 정체성이 된다.

그 기준은 끝이나 한계를 보여주는 게 아니라 나의 정체성을 세우는 표시다.

SNS를 많이 하는 사람들은 대부분 포장의 달인들이라 보여주고 싶은 것만 보여준다.

빛이 나는 사람을 보기 위해서는 미간을 찌푸려야 한다.

나도 한때는 태양처럼 빛이 나는 사람을 동경하며 살았다.

그런데 빛나 보이기만 하던 사람들을 직접 만나보면 반대편에 숨어 있던 어둠이 보이곤 한다.

세상의 유혹에 흔들리지 않는다는 불혹(不惑)을 지나 하늘의 뜻을 알게 된다는 지천명(知天命)도 넘긴 나이가 되어 누가 뭐라 해도 흥분하거나 분노하지 않는다는 이순(耳順)을 향해 달려갈수록 세상을 보는 눈이 순해진다.

혼자만 강렬하게 빛나는 태양 같은 사람보다 그 빛을 받아 주위를 밝히는 은은한 달과 같은 사람들에게 더 마음이 간다.

평범한 사람들도 누구나 자신만의 빛을 발하고 있다.

은은한 빛은 있어도 쓸모없는 빛은 없다.

누군가 내 약한 빛을 등대 삼아 살고 있는지도 모를 일이다.

자꾸만 시력이 떨어져 누진다초점렌즈로 바꾸고 선물 같은 하루하루를 한 발자국씩 조심스레 디디며 살아보니 깨닫게 된다.

눈을 금방 피곤하게 하는 화려함보다 조용히 심장에 말을 거는 은은함이 더 오래간다는 것을 말이다.

인생에서 가장 중요한 결혼반지는 왼손, 그것도 가장 쓸모없어 보이는 약지에 끼운다.

심장과 가장 가까운 이유에서다.

그렇다고 평생 나를 위해 열심히 일해준 오른손을 무시할 수는 없다.

하루하루 모진 세월을 살아낼수록 어느새 내가 양손잡이가 되어가고 있음을 느낀다.

25

행복전염병

누구나 성공을 꿈꾸며 살아가고 있다.

서점에 가보면 성공이란 키워드를 가진 책들이 베스트셀러 코너를 가득 채우고 있다.

그 책을 쓴 사람들은 다 성공했을까?

그런데 왜 주위에 성공한 사람들이 좀처럼 보이지 않는 것일까?

성공한 인생은 다 행복한 것일까?

도대체 무엇이 성공한 인생일까?

혼자 오지에서 살아가는 사람을 소개하는 프로그램에 나오는 거의 모든 출연자가 자신은 현재 행복하다고 한다.

그런데 자신을 성공한 인생이라 생각하지는 않는다.

성공하지 않아도 행복할 수 있다.

성공해도 행복하지 않을 수 있다.

자연 속에서 자족하며 하루하루 살아가는 자연인들의 깊게 팬 주름과 옅은 미소를 보며 대리만족을 느끼게 되니 자꾸 그런 프로에 눈이 가는 것 같다.

우울한 사람 옆에 있으면 나도 우울해지고 행복한 사람 옆에 있으면 나도 행복해진다.

행복은 전염성이 있기 때문이다.

까짓것, 오늘은 내 옆 사람들을 행복하게 해줘야겠다.

그러려면 내가 먼저 행복해져야 하지 않겠는가?

그렇다.

나는 오늘 행복하기로 결심했다.

남을 행복하게 하는 사람이 가장 행복한 사람이다.

다른 사람에게 조금이라도 행복감을 줄 수 있는 인생이 성공한 인생 아니겠는가?

26

여보, 나 사실 길치야

내 아내는 나보다 운전을 더 잘한다.

그래도 함께 차를 타고 갈 때면 주로 내가 운전을 한다.

그런데 아내가 나에 대해 오해하는 것이 하나 있다.

연애 시절부터 내가 길눈이 엄청 밝은 줄 아는 것이다.

실제 나는 여러 번 간 길도 자꾸 헤매는 길치에 가까운데 말이다.

연애할 때 데이트코스를 굽이굽이 잘 알았던 것은 미리 답사를

다녀와서인 걸 아직 모른다.

오히려 아내가 나보다 길을 훨씬 더 잘 기억한다.

인생은 혼자 하는 긴 여행이다.

미리 답사를 가볼 수도 없다.

때론 목적지를 잃은 여행자처럼 사람들이 분주히 오가는 기차

정거장에 우두커니 서 있는 느낌이 든다.

어디로 가야 하나.

무엇을 해야 하나.

누구에게 물어봐야 하나.

이 여행의 종착역은 대체 어디인가.

인생 시간 오후 4시가 되면 덜컥 이런 생각이 들어 길 잃은 여행자 같은 느낌이 든다.

그림자가 길어질수록 마음만 더 조급해진다.

우리 시대의 많은 중장년이 이 주제에 대한 고민과 성찰 없이 정년과 은퇴를 맞는다.

이제 마라톤의 반환점을 막 돌았을 뿐인데 후반부를 어떻게 보낼지에 대한 구상과 계획이 없다.

아직 가야 할 길이 먼데 말이다.

그러나 우리에게는 태양이 있다.

어디를 가나 태양이 있으니 방향을 잃어버릴 일이 없다.

고개를 푹 숙이고 발밑 땅만 보고 걷는 것이 문제다.

때론 태양이 있다는 것조차도 잊고 사는 것이 문제다.

가끔씩 고개를 들어 하늘을 쳐다보면 지금 어디로 가고 있는지

알게 된다.

포기하지만 않으면 된다.

단지 시간만 조금 더 걸릴 뿐이다.

27
세상은 왜 답을 해주지 않을까

의미 있는 인생을 살고 싶어 평생 수많은 질문을 던지며 답을 찾기 위해 달려왔다.

돌아보면 질문투성이인 인생이다.

나도 모르게 가던 길을 멈춰 서서 '도대체 왜?'라는 생각이 드는 것은 자꾸 두고 온 것에 대한 미련이 남아서다.

세상이 숨 가쁘게 변하니 겉으로는 세상을 보는 내 시선도 따라가지만 마음의 눈은 늘 과거로, 미련으로 향해 있다.

언제 더 여물어질까.

언제 정말 어른스러워질까.

이문세의 노래 가사처럼 언제쯤 세상을 다 알고 언제쯤 사랑을 다 알까.

그런 날이 오긴 할까.

이러다가 "어영부영하다 내 이럴 줄 알았다."라는 조지 버나드

쇼의 묘비명이 나의 것이 되지는 않을까 걱정도 된다.

나이가 들면서 때론 철학자가 되고 때론 시인이 된다.

내 눈에 들어오는 모든 것에 담긴 의미를 생각하게 된다.

계속해서 질문을 퍼붓다가 가끔씩은 신호등을 만난 것처럼 잠깐 멈추게 된다.

그러고는 내가 품었던 질문들을 돌아보곤 한다.

이젠 섣부르게 답을 찾으려 하기보다는 내가 품은 질문이 올바른 것인지 먼저 돌아봐야 할 때다.

내 질문에 그때그때 답해주지 않았던 것은 세상이 무심해서가 아니다.

내 질문이 변변치 않아서였기 때문이다.

내가 듣고 싶은 답을 정해 놓고 귀를 닫은 채 살아왔기 때문이다.

이미 답은 내 마음 가장 깊은 곳에 간직하고 있었다.

답을 찾는 인생보다 올바른 질문을 품고 사는 인생이 더 멋지다
는 생각이 든다.
머리 위에서 강렬하게 내리쬐던 태양이 조금은 힘을 잃고, 철없
이 나를 바짝 따라오던 그림자가 조금씩 길어지는 순간에 드는
생각이다.

3장

새로운 생활습관이
필요한 나이

:

남은 인생을 위해 새롭게 시작해야 하는 일과
습관에 대한 이야기들

1

감사 일기

"감사 일기를 쓰면서 더 좋아졌어요."

몇 년간 공황장애로 힘들어하다가 회복기에 접어 든 분과 대화를 나누는 중이었다.

대학에서 학생들에게 심리학과 정신건강을 가르치다가 본인에게 정신적인 문제가 생겨 수년간 남모를 마음고생을 겪어온 분이었다.

이론적으로는 많은 방법을 알고 있어 회복을 위해 다양한 방법을 사용해봤지만 효과가 없었는데 감사한 일을 찾아내어 적는 감사 일기를 통해 일상에서 잊고 지냈던 세심한 감사를 느끼며 나아졌다는 것이었다.

하루에 찾아내는 10개에서 30개의 감사가 심장과 영혼을 새롭게 했다는 것이다.

감사가 일상이 되자 무심코 지나쳤던 자연의 공기도 감사했고, 마주치는 사람들의 숨결도 감사했다고 한다.

그러면서 놀랍게도 마음이 회복되는 것을 경험해서 지금은 정상적인 일상을 누릴 수 있다는 것이었다.

당연한 하루는 없다는 것을 깨닫는 것,
평범한 하루의 의미가 새롭게 다가오는 것,
거저 주어진 것처럼 보이는 많은 것들이 모두 감사의 제목이라는 것을 깨닫는 것은 인생을 대하는 눈이 한층 더 깊어진다는 의미다.

나는 아침 일과를 시작하기 전에, 그리고 오후를 지나면서 집중력이 흐려질 만한 시간에 커피를 마신다.
매일 마시는 커피 한 잔이지만 오늘 하루 또 잘 견뎌내고 있는 내게 주는 선물 같은 순간이다.
나이가 들어감에 따라 커피 향기는 더 짙게 다가온다.

나는 커피를 입에 한 모금 머금고 그 향과 맛이 온몸에 퍼지는 순간 조용히 감사의 제목들을 생각해보곤 한다.

내가 누리는 모든 것들이, 내게 주어진 일들이, 나를 둘러싼 사람들이 모두 감사의 제목임을 깨닫는다.

늘 너무 빨리 나이 들고, 너무 늦게 깨닫는 것이 문제다.

2
사진은 마음으로 찍는 거야

나는 사진 찍는 것을 좋아한다.

추억을 오래도록 저장할 수 있어서 좋기도 하지만 내 눈에 보이는 것과 사진으로 보는 것이 또 다르기 때문이다.

전에는 수동카메라로 찍어 필름을 인화하곤 했는데 이제는 스마트폰의 성능이 향상되어 사진 찍기에는 더 편리해졌다.

싱가폴을 여행할 때 있었던 일이다.

풍경이 너무 좋아 사진 찍기에 유명한 장소에 도착해서 자연스레 스마트폰을 꺼내 사진 구도를 잡는데 옆에서 엄마와 중학생쯤 되어 보이는 아들의 대화가 들린다.

"사진은 조금 나중에 찍자. 먼저 눈으로 찬찬히 보고, 그다음에 마음으로 느끼고, 그리고 사진으로 담아도 늦지 않아."

목에 큼지막한 디지털카메라를 건 아들은 엄마의 말에 미소를 지었고, 모자는 어깨를 맞댄 채 한참 동안 같은 곳을 바라보며 대화를 나눴다.

나는 그 모자의 정겨운 뒷모습을 찬찬히 눈에 담았다.

나도 꺼내 들었던 스마트폰을 주섬주섬 주머니에 넣고 일단 눈 앞에 펼쳐진 풍경을 바라봤다.

그랬더니 저절로 깊게 숨을 들이마시게 되고, 따사로이 내리쬐는 햇살의 질감이 고소한 카페라떼처럼 부드럽게 느껴졌다.

살랑 불어오는 바람에 흔들려 내 이마를 살살 건드리는 앞머리가 정겹게 느껴졌다.

여유 있게 주위를 둘러보니 사람들의 행복한 표정들이 눈에 들어왔다.

사진으로는 도무지 담을 수 없는 것들을 눈에 담고, 하나하나 마음에 담기 시작했다.

'이런 느낌이구나.'

그렇게 한참 시간이 지나 다시 스마트폰을 꺼내 들어 이미 눈과 마음으로 찍은 곳을 향하기 시작했다.

먼 후일에도 사진을 보면 이런 느낌과 기억을 다시 끄집어낼 수 있을 것 같았다.

새로운 사람을 만나서 명함을 받으면 습관처럼 명함관리 앱에 저장을 한다.

모임에 나가 새로운 분들을 만나 받아온 명함이 주머니에 두툼해도 나중에 명함을 다시 꺼내 볼 때 누군지 도무지 생각이 나지 않는 경우가 많다.

새로운 명함을 저장하려 하는데 이미 저장되어 있음을 깨닫게 되는 경우도 적지 않다.

아름다운 경치를 볼 때도 마찬가지지만, 새로운 사람을 만나 명함을 주고받는 순간 스마트폰을 들이대기보다 일단 명함에 적

힌 내용들을 찬찬히 들여다보면서 이것저것 궁금한 것들을 물어본 후 저장해도 늦지 않다.

그러면 서로의 마음과 기억에 조금이라도 더 깊은 인상으로 남게 된다.

미국 서부영화에서 악당과 만나면 주저 없이 총을 꺼내 쏘듯이, 우리는 너무 스마트폰을 빨리 그리고 쉽게 휘두르는 경향이 있다.

생활 편의를 위해 사용하는 도구가 오히려 우리의 마음을 바보로 만드는 것은 아닌지 돌아보게 된다.

스마트폰을 조금 늦게 꺼내면 마음으로 볼 수 있는 것들이 많아진다.

사람들과의 관계에서도 마찬가지다.

당장 메모지가 없어 나는 이 글을 스마트폰 메모장에 적고 있지만 말이다.

3
라떼는

'라떼는'이라는 말이 나왔을 때 참 재미있다고 생각했다.
카페라떼를 유독 좋아하기 때문이다.

'나 때는 말이야'라는 말을 많이 쓰는 사람은 꼰대라고 한다.
지금은 어디서나 꼰대를 찾아볼 수 있다.
한 살만 차이가 나도 꼰대임을 느낀다고 하니 말이다.
이쯤 되면 나이 차이에서 오는 세대 차이가 아니라 그냥 개인 차
이라 해도 될 것 같다.

과거의 일을 말할 때에는 '전에는', '왕년에는', '내가 신입시절에
는'이란 말을 많이 쓴다.
내 주위에도 입만 열면 과거의 자신이 얼마나 대단했었는지 열
변을 토하는 사람이 있다.
그런 사람들의 공통점은 지금은 별 볼 일이 없다는 것이다.

나이가 들수록 과거를 돌아보게 된다.

후회의 순간도 많고 회한에 젖는 일도 많다.

나도 자꾸만 자꾸만 뒤를 돌아보게 된다.

과거의 일에서 벗어나 지금 내게 주어진 하루를 선물처럼 소중히 살아내라고 두 눈이 뒤통수가 아니라 얼굴 정면에 달린 것일 텐데 말이다.

가끔씩 돌아보는 과거가 아름다우려면 지금이 아름다워야 한다.

과거가 지금을 결정하는 것이 아니라, 지금의 모습이 우리의 과거를 결정한다.

과거에 아름다운 삶을 살아온 것을 증명하는 길은 지금 아름답게 사는 것이다.

누구나 꼰대가 된다.

어차피 꼰대가 될 바엔 좋은 꼰대가 되면 그만이다.

내 앞에 놓인 카페라떼의 향긋함과 고소함을 즐기며 내게 주어진 하루를 향기롭고 멋들어지게 살아 내는 것이 아름다운 인생이다.

4

책갈피

회사에서 점심을 먹고 나서는 산책을 한다.

산책코스 끝에는 작은 도서관이 하나 있어서 일부러 그쪽으로 방향을 잡고 가끔씩 책을 빌려 보기도 한다.

책이 있는 도서관은 늘 마음을 편안하게 해주지만 바쁜 일상 중에 짬을 내어 도서관에 발걸음을 하는 행위 자체가 내게는 힐링이다.

어느 날 도서관에서 빌린 책을 펼쳤는데 예쁜 책갈피가 꽂혀 있었다.

도서관에서 빌린 책을 펼칠 때는 마음의 준비가 필요하다.

낙서를 하거나 페이지 표시를 위해 마구 접어 놓은 책이 많기 때문이다.

그런 책을 볼 때마다 내가 입고 있는 셔츠가 구겨진 것처럼 마음이 불편하다.

커피나 음료수를 흘려 냄새도 나고 지저분해진 책도 많다.

그런데 예쁜 책갈피가 나오는 순간 나도 모르게 살짝 미소가 지어졌다.

일부러 그랬는지, 실수로 그랬는지 모르지만 그것은 중요하지 않다.

내 기분이 좋아졌기 때문이다.

'일부러 책갈피를 남겨 두었을까? 이 책을 읽은 사람은 어떤 사람일까? 그 사람도 이 문구에서 감동을 받았을까? 그 사람은 어떤 마음으로 이 책을 꺼내 들었을까.'

작은 책갈피 하나로 상상의 나래가 꼬리에 꼬리를 물게 된다.

살짝 눈을 감고 누군지 모를 그 사람의 행복을 위해 잠시 기도했다.

그 책을 읽는 내내 나도 그 책갈피를 이용했다.

그러곤 그 책갈피를 다시 그 책에 꽂아 놓고 반납을 했다.

도서관 직원이 발견하면 빼버리겠지만 나도 그다음부터는 책을 읽고 반납할 때, 혹은 빌린 책을 돌려줄 때 예쁜 책갈피나 혹은 작은 포스트잇을 붙여 놓곤 한다.

누군가 그 책을 열어 보는 순간 지을 미소를 상상하면서 말이다.

이런 일이 많아지면 누군가의 손을 거친 책을 펼칠 때마다 살짝 설레지 않을까?

어릴 적 새 학년으로 올라간 첫 등교 날 교실 문을 열 때처럼 말이다.

오후 4시를 맞는 이 나이에도 책갈피를 보며 마음이 설레는 것을 보니 내 마음속에는 아직도 예쁜 감성이 살아있는 것 같아 기분이 좋다.

5

메모광

중학교 시절 국어 교과서에는 지금까지도 내 정서에 영향을 미친 좋은 수필들이 많이 실려 있었다.

그중 〈메모광〉이라는 수필이 생각난다.

일제 강점기 시인이자 영문학자 이하윤 선생의 작품이다.

자칭 메모광이던 그가 친구 집에서 놀다 귀가했는데 메모해둔 종이가 안 보여 그 늦은 밤에 차를 타고 가야 하는 길을 돌아가서 기어이 메모를 찾아와서야 잠들 수 있었다는 내용이었다.

내 중학교 시절에는 포스트잇도, 스마트폰도 없었지만 그때부터 내 수첩 메모광 인생이 시작되었다.

앞에는 이런저런 내용을 메모하고, 뒷부분에는 친구들 전화번호를 적어 놓았는데 매년 학기 초에는 새 수첩을 사서 새로운 친구들 전화번호를 옮겨 적는 일이 연례행사였다.

동전을 한 움큼 바꿔 들고 공중전화 앞을 서성이던 그때는 반 친구들의 전화번호를 거의 다 외운 것 같다.

지금은 내 아이들 전화번호도 잘 못 외우는데 말이다.

심지어 관공서에서 집 전화번호를 물어볼 때 나도 모르게 "1번이요."라고 대답한 적도 있다.

그나마 식구들이 전부 스마트폰을 쓰니 집 전화를 없앤 지도 오래됐다.

직장 초년병 시절 주말에 당직근무를 해야 했을 때 내 방 여기저기 돌아다니던 메모지와 수첩들을 회사에 가지고 가서 거기 적혀 있던 내용을 하루 종일 컴퓨터 메모장에 옮겨 적었던 기억이 난다.

이 하루가 내 남은 인생에 얼마나 큰 도움이 되었는지 모른다.

거기 적혀 있던 메모글들이 지금까지도 내 글의 소재가 되어 주고 있으니 말이다.

초보 대리 시절이던 20대의 마지막 날에 김광석의 〈서른 즈음에〉를 들으며 썼던 메모가 있다.

"내 찬란했던, 아니 더 찬란하지 못해서 미안했던 내 20대가 이렇게 끝나간다. 30대는 조금 더 여물어져야겠다."

푸릇푸릇했던 그 시절의 외모만큼이나 글씨도 싱그러웠다.

그동안 내 인생은 얼마나 찬란했는지, 나는 지금 얼마나 더 여물었는지 생각하며 또 이 글을 쓰는 동안 인생을 돌아본다.

어딘가에 적어 놓았던 메모가 내 20대와 50대를 연결해준다.

어린 시절 항상 껌 종이며 담뱃갑에 무엇인가를 열심히 메모하시던 아버지의 모습도 어렴풋이 떠오른다.

그 시절의 아버지는 지금 나보다 훨씬 젊으셨다.

나는 지금도 쉴 새 없이 스마트폰에 뭔가를 끄적거리는 메모광이다.

무엇을 메모했는지 잊어버리지 않게 카카오톡에서 내가 나에게
메시지를 보내 놓기도 한다.

점점 사그라드는 기억력 때문에 더 그런 것 같다.

지금은 내가 메모광인 것이 얼마나 다행한 일인지 모르겠다.

과거의 내가, 젊은 시절의 내가 지금의 나에게 주는 선물이기 때
문이다.

나는 지금도 날마다 미래의 나에게 줄 선물을 준비하고 있다.

6

이불 밖은 행복

'몸도 찌뿌둥한데 그냥 잠이나 좀 더 잘까?'

가을이 한창인 어느 토요일 아침, 한참을 이불 속에서 고민하다
가 집 앞 공원을 산책했다.

늘 그렇듯이 이불 밖으로 나오긴 힘들었지만 막상 나오니 참 좋다.

형형색색의 나무들처럼 밝은 표정을 하고 지나는 사람들 구경
하며 산책을 즐기다가 벤치에 앉았는데 지나가던 강아지가 내
게 친한 척을 한다.

하얗고 조그만 강아지가 너무 예뻐 손을 뻗으니 꼬리를 흔들며
손바닥을 핥아댄다.

"얘 만져봐도 되죠?"

"그럼요."

"얘는 이름이 뭔가요?"

"희망이요."

그렇게 잠시 쉬다가 강아지는 길을 떠나고 이내 또 다른 강아지 두 마리가 다가온다.

아마 그곳이 강아지가 쉬어가는 장소였나 보다.

이 녀석들 이름은 사랑이와 축복이였다.

곧이어 한 중년 부부가 강아지 네 마리와 산책하다가 내 옆자리에 앉았다.

그 강아지들은 이름이 봄, 여름, 가을, 겨울이었다.

"얘들은 자연스레 영어 이름도 다 가지고 있지요."

강아지들을 한꺼번에 부를 때는 그냥 '사계야!'라고 한단다.

'오래 쉬었으니 나도 이제 그만 가야지.' 하는데 리트리버 한 마리가 또 다가온다.

희한하게 이 강아지 이름은 내가 좋아하는 라떼였다.

역시 바깥공기를 마시니 기분이 좋아졌다.

게다가 희망도, 사랑도 선물받고 축복까지 받은 데다가 사계절을 한 번에 다 경험하고 내가 좋아하는 라떼로 마감했으니 오늘 하루가 참 귀한 하루가 아닐 수 없었다.

역시 이불 밖으로 나오니 행복이 기다리고 있었다.

도대체 누가 이불 밖은 위험하다고 한 것인가.

7

생각에 대한 생각

갈수록 생각이 많아진다.

기분 좋을 때 생각을 많이 하면 기분 좋은 상상이 되겠지만 걱정이 많은 순간에 하는 생각은 염려가 되곤 한다.

때론 잡념이라 폄하되기도 하고 간혹 '쓸데없는'이라는 수식어가 붙기도 하지만 호흡하는 매 순간 생각은 계속된다.

세상살이가 고단하고 팍팍해 불안하고 생각이 많지만 내면의 질서와 영적 성장을 위해 여전히 '생각하는 힘'이 필요하다.

생각을 위해서는 우선 마음을 비워야 한다.

여기저기 쓰레기가 꽉 차 있어 액셀을 밟을 수 없는 도로처럼 잡생각들이 많으면 생각에 집중하기 어렵다.

생각을 하기 위해서는 시간과 인내가 필요하다.

워밍업도 필요하다.

스멀스멀 피어나는 온갖 걱정을 생각으로 승화시켜야 한다.

스스로 집중해서 순도 높은 생각을 할 수 있도록 기다려줘야 한다.
억지로 쥐어짜 내는 생각은 어딘가 모르게 듬성듬성 구멍이 생기
게 마련이다.

내게 산책하는 시간은 가장 집중해서 생각하기 좋은 시간이다.
생각하기 위해 산책하는 것인지도 모르겠다.
날 힘들게 했던 어떤 사람은 "당신은 생각이 너무 많아."라며 몰
아세웠지만 난 앞으로도 생각하는 일을 멈추지 않을 것 같다.
때론 밤잠을 설치게도 하고, 때론 위산을 마구 분비시키기도 하
지만 이런 생각들이 날 자라나게 하기 때문이다.
생각이 멈추는 날이 아마 세상에서의 마지막 날이 될지 않을까 싶다.
나를 성장시키는 내면의 깊은 사색은 묵상으로 이어지고, 묵상
은 자연스레 글쓰기로 이어진다.
갈수록 글쓰기가 재미있어지는 이유다.

8

막걸리 한 잔

우리 아파트 옆 골목 어귀에는 작은 편의점이 하나 있다.

나는 지하철로 출근할 때면 이 편의점을 지나간다.

그 앞에는 예쁜 나무 테이블이 하나 놓여 있는데, 출근하는 아침 이른 시간에 늘 막걸리를 한 병 앞에 놓고 드시는 아저씨가 계신다.

60살 정도 되셨을까.

거의 매일 그 시간에, 세상 가장 피곤한 얼굴로 그 자리에 앉아 안주도 없이 막걸리만 드신다.

아껴 마시듯이 아주 천천히.

출근 시간이면 하루 중 마음이 가장 바쁜 순간이지만 '무슨 일을 하시길래 이 시간에 막걸리를 드시는 걸까.'라는 생각이 들곤 했다.

그런데 어느 날부터 그분이 보이지 않았다.

그 테이블은 늘 비어 있다가 이따금씩 택배 아저씨가 음료수를 드시거나, 일찍 등교하는 학생들이 컵라면을 먹곤 했다.

'무슨 일이라도 있는 걸까?'

편의점 앞을 지날 때마다 궁금했지만 출근길을 재촉하는 내 발걸음이 몇 발자국 내딛기 전에 그 아저씨의 존재를 잊곤 했다.

그러던 어느 날 그 아저씨가 다시 나타났다.

같은 시간, 같은 장소에 앉아 고개를 반쯤 숙이고는 역시 막걸리 한 병을 천천히 드시고 계셨다.

어찌나 반가운지 나는 출근을 멈추고 앞에 앉아 막걸리 한 잔 대접하고 싶은 생각이 들었다.

〈막걸리 한 잔〉이라는 노래가 유행했지만, 말없이 내미는 막걸리 한 잔에는 많은 의미가 들어있을 터였다.

그러나 그저 반가운 마음만 뒤로한 채 나는 그냥 일터로 향했다.

막걸리 한 잔이 주는 위안을 방해하고 싶지 않다는 핑계를 생각해 냈지만, 사실은 남의 삶에 함부로 개입할 용기가 나지 않았다.

술을 잘 못하지만 가끔은 내게도 앞에 앉아 조용히 '막걸리 한 잔' 슬며시 내밀어 주는 사람이 있으면 좋겠다는 생각이 든다.

행복한 일만 있는 인생은 없다.
때로는 삶의 지독한 무게감에 어깨를 펴기도 힘들 때가 있다.
누구나 삶의 부담을 어깨에 지고 살지만 모두에게 주어지는 형용사는 '무겁다'다.
재벌의 어깨도 무겁고, 하루 벌어 하루 사는 가장의 어깨도 무겁다.
누구의 부담이 더 무거운지는 중요치 않다.
세상을 살아내야 하는 모든 사람의 어깨는 모두 무겁다.
누군가 따라 주는 막걸리 한 잔이 그 무게를 조금은 가볍게 해

줄 수도 있다.

옆을 지나치며 슬쩍 봤던 그 아저씨의 깊게 팬 주름이 하루 종일
마음속에 깊게 새겨져 떠나지 않았다.
그저 마음으로 시원한 막걸리 한 잔 따라 드릴 뿐이었다.
퇴근하고 집에 갈 때는 편의점에 들러 막걸리 한 병 사 들고 가
야겠다.

9

첫눈 오면 만나요

"첫눈 오는 날 만나요."

아마 대부분의 사람들이 어릴 적부터 많이 해 본 약속일 것이다. 이 약속은 사람들이 많이 하기도 하지만 가장 지켜지지 않는 약속이기도 하다.

눈인지 진눈깨비인지 몰랐다는 둥, 밤 12시쯤 내려 약속한 날이 전날인지 다음 날인지 헷갈렸다는 둥, 옆 동네엔 눈이 왔는데 본인이 있는 곳엔 눈이 안 왔다는 둥, 쌓이지 않고 내리자마자 녹아내려 눈이라고 할 수 없었다는 둥 핑곗거리가 참 많다.

그러나 약속이 지켜지지 않는 가장 큰 이유는 '상대방도 정말 나올까?', '나만 덩그러니 나가는 거 아니야?' 등의 생각이 들기 때문이다.

지금은 아예 "오늘 첫눈 온다, 다 모여! 안 오는 사람은 벌금!" 같은 메시지를 보내기도 하지만, 사실 좀처럼 지키기 힘든 "첫눈 올 때 만나자."라는 약속은 그 약속을 할 당시의 설렘만으로도 약속의 기능을 충실히 한 것이다.

그런 약속을 하는 것도 아직 마음에 순수함이 남아있기 때문이다.

사랑하는 여인을 만나 연애를 할 때는 매년 첫눈이 애틋하고 특별했다.

그런데 결혼하고, 아이들 낳고 함께 가족이라는 울타리 안에서 사는 날이 오래되니 첫눈 오는 날은 차가 막힐까 봐 걱정되는 날이 되어버렸다.

알랭 드 보통은 《낭만적 연애와 그 후의 일상》에서 이런 표현을 썼다.

"우리는 사랑이 어떻게 시작되는지에 대해서는 과하게 많이 알지만, 사랑이 어떻게 지속될 수 있는지에 대해서는 무모하리만치 아는 게 없다."

사실 그것이 자연스럽다.

불꽃 같던 사랑도, 설렘의 순간도, 애틋함과 그리움도 결실을 맺으면 일상이 된다.

첫눈은 매년 내리지만 시간이 갈수록 자신도 모르게 첫눈에 대한 감성이 설렘에서 하늘에서 내리는 쓰레기로 바뀌게 된다.

입에 모래가 들어간 것처럼 서걱거리는 느낌이지만 그것이 현실이기도 하다.

첫눈을 통해 가끔 그 시절의 설렘이 떠오르기도 하지만 오랜 세월 계속 설레는 연애감정으로 살면 아마 심장에 문제가 생길지도 모른다.

게다가 우리가 날마다 직면하는 일상의 무게가 가볍지 않고, 하루가 멀다 하고 터지는 대소사가 우리를 낭만과 감상 속에 가만히 내버려 두질 않는다.

톨스토이의 소설 《안나 카레니나》에는 "행복한 가정은 모두 엇비슷하고, 불행한 가정은 각각 그 이유가 다르다."라는 문구가 나온다.

결혼생활이 행복하려면 수많은 요소들이 성공적이어야 하고 서로 자신의 자리를 지키면서 중심을 잘 잡아야 한다.

우리네 치열한 일상은 조금만 삐끗하면 깨지기 쉽다.

계절 따라 바뀌는 감정은 해가 뜨면 사라져버리는 아침이슬처럼 금방 사라져버리고 우리 눈앞에 다가온 현실이 더 무겁게 느껴진다.

해마다 찬바람이 불어 겨울옷을 꺼내 입을 시간이 되면 이곳저곳에서 노래 〈라스트 크리스마스〉가 흘러나와 이제 설레는 계절이 오고 있다고 알려주지만 어느새 첫눈이 와도 빙판길을 먼저 걱정하게 된다.

게다가 감수성 폭발하던 그 풋풋했던 시절 첫눈이 들뜨게 했던 내 마음속 첫사랑의 주인공이 누구였는지 도무지 생각이 나지 않아 더 당혹스럽다.

한때는 서로 죽고 못 사는 사이였지만 생업을 이유로 몇 년 만에 겨우 친구들과 만나서도 "다음에는 첫눈 오는 날 만나자."라고 약속하기도 한다.

아무도 지키지 않을 것을 잘 알지만 말이다.

"그래, 그날 꼭 만나자!"라고 다짐에 다짐을 하지만 막상 첫눈 오는 날에는 집에서 가족들과 맛있는 치킨을 먹고 있을 가능성이 높다.

그래도 하늘에서 내리는 반가운 눈을 보며 '올해 첫눈이구나.'라는 생각을 하며 감상에 젖을 정도면 꽤 괜찮은 인생을 살고 있다는 생각이 든다.

이런 감성이 희미해져 가는 것이 아쉬워 절대 어길 수 없는 약속을 하는 법을 터득했다.

첫눈 오는 날은 거리가 내려다보이는 창 넓은 카페에서 고소한 카페라떼와 함께 나 자신과 만나기로 약속하는 것이다.

지난해 첫눈 이후 또 열심히 살아온 나 자신의 이야기를 들으며 스스로를 토닥거려 줄 것이다.

이런 생각을 왜 이 나이가 되어서야 하게 되는지 모르겠다.

앞으로 남은 인생에서 '첫눈'을 맞을 날이 몇 번이나 될까 생각해 보니 마음이 급해지기도 한다.

나는 나와의 이 약속을 지난 겨울부터 지키기 시작했다.

그리고 혹시 마음을 나눌 친구가 있다면 살짝 옆자리를 내 줄 생각이다.

10
선인장과 다육이

남들은 은퇴하고 조용한 곳에 내려가 텃밭에 채소나 키우면서 살고 싶다고 할 때 내가 주저했던 이유가 있다.

서울에서 나고 자라서 그런가 난 초록 식물들을 키우는 데 영 재주가 없기 때문이다.

보통은 집 안에서도 잘 자라는 식물들도 오래 건사하는 경우가 거의 없어 아내에게 학살자 혹은 식물 테러리스트라 불릴 정도다.

아무리 작은 식물도 매일 물을 주고 정성스레 보듬어줘야 하는데, 바쁜 일상을 소화하다 보면 어느 순간 식물들이 고개를 숙이고 있어 가슴이 미어진 적도 여러 번이다.

어떤 때는 물을 너무 많이 줘서 식물들의 뿌리를 썩게 만들기도 했다.

식물뿐 아니라 웬만해선 오래 산다는 장수풍뎅이도 한 달을 넘기지 못해 당시 초등학생이던 딸아이에게 장수풍뎅이가 산 날보다 더 오래 원망을 듣기도 했다.

그런데 강화도에서 산 순무에 묻어 온 달팽이는 배추를 쥐가며 6개월을 기르기도 했으니 완전히 똥손은 아니라고 생각하지만 솔직히 이 작고 여린 아이들을 정성스레 보듬으며 키워낼 자신이 없다.

그래도 나이가 들면서 꽃들에게도 눈이 가고 식물을 좀 키우고 싶어졌다.

내 손길이 여물지 못해 식물들이 자꾸 죽어 나가는 것을 차마 보기 힘들어 생명력이 강한 선인장과 다육이를 조금 키우게 되었다.

물을 자주 주지 않아도 되고, 일부러 죽이기도 어렵다고 하는 아이들만 고른 것이다.

강인한 생명력을 보유한 존재들답게 그저 통명스럽게 생긴 이 아이들도 때가 되면 꽃을 피우는 것을 보면 그저 신기하다.

게다가 한 번 꽃이 피면 향기가 아주 진하다.

선인장은 사막에서 물을 빼앗기지 않기 위해 잎이 뾰족한 가시가 되었단다.

나는 무엇을 지켜내려고 이렇게 마음이 뾰족해진 것인지 모르겠다.

다육이는 물을 저장하느라 몸통이 통통하다.

반갑지 않은 지방층을 저장하느라 E.T.처럼 뾸룩 나와 좀처럼 들어가지 않는 내 배와 닮았다.

갈수록 뾰족해지는 내 성격과 자꾸 배가 튀어나오는 내 체형을 보면서 나이 때문이라고 스스로 위로하지만 초록초록 한 작은 식물조차 여물게 들여다보지 못하고 분주하게 지내온 나는 어떤 꽃을 피우며 살아왔는지 돌아보게 된다.

무심한 듯 시크하게 자리를 지키고 있는 선인장과 다육이에게 자꾸만 마음이 가고 자주 들여다보는 이유다.

'너희들은 제발 오래 살아다오.

넘어질 듯 넘어질 듯 오뚝이처럼 살아낸 내 인생처럼 넘어지지

말고 잘 버텨다오.

그리고 참고 참으며 쌓아온 내면의 아름다움을 진한 향기와 함

께 예쁜 꽃으로 그렇게 한 번씩 표출해다오.'

11
뉴스를 본다는 것

나는 겁이 많아 공포영화를 좋아하지 않는다.

좀비물을 좋아하는 아내와는 취향이 많이 다르다.

어릴 적 TV에서 〈전설의 고향〉을 방영하는 날이면 만반의 준비를 해야 했다.

지금 생각하면 귀신이 어느 장면에서 튀어나올지 뻔하고, 내가 이미 다 아는 배우가 분장한 것인데 그 시절에는 왜 그리 무서웠는지 모르겠다.

일단 동생들과 함께 이불 속에서 웅크린 채, 유사시에 이불을 머리까지 덮을 준비를 하고, 거울을 가져다가 거울을 통해 TV를 보기도 했다.

지금 생각해보면 그것이 더 무서운 일인 것 같다.

어른이 되어서도 "내 다리 내놔."라며 한쪽 다리로 계속 쫓아오는 천년호, 하룻밤만 넘기면 사람이 되는데 남편이 약속을 지키지 않고 비밀을 폭로해서 다시 여우로 변하는 구미호가 계속 꿈에 나왔다.

그런데 산전수전 다 겪은 지금은 가장 보기 무서운 프로가 TV 뉴스다.

입에 담기도 힘든 잔혹한 일들이 하루에도 수도 없이 쏟아져 나온다.

인간이 어느 정도까지 악해질 수 있는지 챌린지를 하고 있는 건 아닌가 하는 생각도 든다.

귀신보다 인간이 더 무섭다고 느껴진다.

면죄부를 팔던 중세시대에 오히려 죄를 짓는 사람들이 더 많았다고 한다.

돈이 많아 면죄부를 산 사람은 마음 놓고 죄를 짓고, 그럴 능력이 안 되는 사람들은 포기하는 마음으로 죄를 짓고 말이다.

"할렘은 살인만 빼면 미국에서 가장 범죄율이 낮은 지역입니다."라는 뉴욕시장의 말은 그야말로 코미디다.

전염병이 몰아닥쳐 지구 다른 쪽에서는 묻힐 곳 없는 사람들을 불법으로 집단 화장할 정도였는데, 자기 배만 불리기 위해 서슴지 않고 비리를 저지르는 정치인들로 인해 나라 꼴은 극단으로 치닫고, 경제는 계속 곤두박질치고, 환경은 회복이 어려울 지경으로 하루하루 망가져만 가니 뉴스를 맨 정신으로 보고 있기 힘들다.

더욱 안타까운 일은, 그렇게 보기 힘든 뉴스에 익숙해져 퇴근 후에 태연하게 과일을 먹으며 표정 없이 들여다보고 있는 나 자신을 발견하게 될 때이다.

나도 이미 세상의 잔혹 동화에 한껏 동화되어 그 일부분이 되어가고 있는 것은 아닌지 모르겠다.

아이들에게 어떤 세상을 물려주게 될지 두렵고 또 두려운 요즘이다.

12

그래도 배탈 난 적은 없어요

중년남성들이 가장 많이 시청한다는 〈나는 자연인이다〉라는 TV프로에서는 〈정글의 법칙〉 수준은 아니더라도 출연자인 윤택, 이승윤이 혼쾌히 먹기에는 조금 부담스러운 음식을 먹는 경우가 나온다.

정성껏 준비해준 자연인들의 성의도 있고, 방송 촬영 중이기도 하니 울며 겨자 먹기식으로 먹기는 하나 아무리 봐도 별 맛도 없어 보이거나, 비위 약한 사람은 선뜻 먹기 어려운 음식을 먹는 경우가 있다.

그런 음식을 억지로 먹는 것을 지켜보는 것도 재미 중 하나다.

나중에 다른 방송 인터뷰에서 그런 점이 어렵지 않은지 물어보니 이승윤이 대답했다.

"자연인들이 주시는 음식이 사실 다 맛있는 것도 아니지만 최대한 맛있게 먹어드리려 노력합니다. 그런데 가끔은 비위 약한 제가 먹기에 어려운 상태의 음식도 먹어야 할 때가 있어서 힘들기는 해요. 그런데 생각해보면 그런 음식을 먹고 배탈 난 적은 없는 것 같습니다. 오히려 일상에서 비싸고 잘 차려진 음식을 먹고 배탈 난 적은 있지만요."

요즘 정치인들을 보며 느끼는 것이 있다.

입으로 들어가는 것이 사람을 더럽게 하는 것이 아니라 입에서 나오는 것들이 사람을 더럽게 한다는 것이다.

그들은 세상에서 가장 더러운 것들을 쏟아내고 있다.

한국뿐 아니라 미국, 중국, 러시아, 일본도 마찬가지라 생각된다.

자신의 배를 불리기 위해서는 양심을 속여가며 거짓을 일삼고, 목표를 달성하기 위해서는 수단과 방법을 가리지 않는 모습을 보기 싫어 뉴스 보기가 꺼려진다.

그럴수록 자연 속에서 뿌린 만큼 거두는 일상에 행복감을 느끼며 정직하고 소박하게 사는 자연인들에게서 더 카타르시스를 느끼게 된다.

영롱하기 그지없는 새벽이슬을 소가 먹으면 우유가 되지만 뱀이 먹으면 독이 된다는 말이 더 피부로 느껴진다.

세상이 미쳐 돌아가는 것처럼 보이는 요즘, 나도 알게 모르게 혹시 누군가의 마음에 대못을 박은 일은 없는지 돌아보게 된다.

어스름 저녁이 될수록 혹시 내 신발에 개미라도 밟혀 죽지 않을지 눈에 불을 켜고 한 걸음씩 조심조심 발걸음을 내디뎌야겠다는 생각이 든다.

13

혼자 잘 살믄 무슨 재민겨

사람들은 사소한 일에는 민감하고 지극히 중대한 일에는 둔감
한 경향을 보이곤 한다.

한 사람을 죽이면 무거운 중죄에 해당하지만 전쟁을 일으켜 수
많은 사람들을 죽인 사람에게는 영웅 대접을 해주기도 한다.

나쁜 평화라는 말도 없듯이 정의로운 전쟁이란 존재할 수 있을까?

군부독재시대에 어린 시절을 보낸 내 눈엔 그토록 바라던 민주
화가 전보다는 조금 더 가까이 온 것 같다.

그런데 오히려 예전보다 사소한 일로 편 갈라서 싸우는 일들이
훨씬 더 많아졌다.

최루가스를 맡아가며 자신을 내던지던 사람들은 지금 다 어디
로 사라졌는지 모르겠다.

지금처럼 자기 소신대로 마음껏 서로 악다구니를 써가며 싸울 수
있는 것이 민주주의의 증거라는 말은 공허한 메아리로 들린다.

진실이 무엇인가에 관계없이 자신의 이익과 안녕을 위해 수단

과 방법을 가리지 않고 상대방을 공격한다.

혼자 잘 살면 무슨 재미가 있다고.

아우슈비츠를 운영했던 전범들을 나중에 보니 깜짝 놀랐다고

한다. 너무 평범한 사람들이었기 때문이다.

그 사실이 우리를 더 절망하게 만든다.

차라리 괴물 같은 사람들이었다면 다행이었으리라 생각된다.

우리는 무엇을 위해 이리도 치열하게 싸우면서 사는 것일까.

우리가 했던 행동, 우리가 내뱉었던 말들, 우리가 기록했던 글들

은 오랜 시간 남아서 우리가 어떤 삶을 살다 갔는지 증언해 줄

것이다.

지금 어떤 모습으로 살건 나중에 자식들 보기 부끄러울 일은 없

어야겠다.

14
기분 좋은 아침 맞이하기

'오늘도 선물 같은 하루를 보내게 해주서서 감사합니다.'

언제부터인지 나는 하루를 마감하고 고단한 몸을 누이며 잠자리에 들 때 짧은 감사기도를 한다.

하루를 잘 보내고 무사히 잠자리에 들 수 있는 것은 큰 행복이다.

잠자리에 들면서 하루를 돌아보기 전에 해야 할 일이 있다.

미리 아침을 맞을 준비를 하는 것이다.

'내일 일은 내일 생각하자.'라는 마음을 먹으면 당장은 쿨해 보여도 오늘의 깔끔하지 못한 일들이 내일도 계속된다는 의미다.

예기치 않은 커다란 파도가 강타하면 당황해서 물을 많이 먹게되지만 '저기 파도가 오는구나.'라고 미리 알고 대비하면 오히려 파도타기를 즐길 수 있다.

아침에 일어나 눈을 뜨면 창문을 통해 기분 좋을 정도의 햇빛이 들어오도록 블라인드를 조절해 놓는다.

아침을 깨워줄 알람은 요즘 가장 좋아하는 음악으로 설정한다.

사르르 퍼지는 커피향을 바로 누릴 수 있도록 커피콩을 미리 갈아 커피 머신 옆에 갖다 놓는다.

바쁜 일상으로 뛰어들기 전에 속옷도 미리 챙겨 샤워 후 바로 입을 수 있게 한다.

그날 일정에 맞게 입을 옷과 신발을 미리 정해 놔서 아침에 할 고민거리를 미리 줄여 놓는다.

작지만 온갖 필요 물품이 들어 있는 가방엔 빠진 게 없는지 한 번 더 확인해 현관 입구에 비스듬히 보초를 세운다.

눈을 떴을 때 귀여운 강아지가 꼬리를 흔들며 침대 위로 뛰어 올라오면 금상첨화겠지.

자, 이제 잘 시간이다.

오늘 가장 기분 좋았던 일이 무엇인지, 오늘 어떤 인연을 만났는지 생각하며 잠자리에 들면 된다.

자연스레 내일 만날 인연을 떠올리면 살짝 설레는 마음이 생긴다.

스르르 눈을 감는 나 자신에게 인사가 남았다.

'수고했어, 오늘도.'

15

오십 년을 살아보니

"경제적으로는 중산층, 정신적으로는 상류층에 머무는 사람이
행복하다."

김형석 교수님의《백 년을 살아보니》에 쓰여 있는 말이다.

그런 사람들이 본인도 행복하고 사회에도 더 기여를 많이 한다
는 것이다.

오십 년을 살아보니 그 말이 참 잘 맞는 것 같다.

열심히 노력하면 경제적으로는 웬만하면 중산층 이상으로 사는
것이 가능하다.

그러나 돈이 많다고 정신적인 수준까지 높아지지는 않는다.

우리 주위에는 돈이 많아 좋은 집에 고가의 자동차에 온갖 명품
으로 치장한 채 뻐기면서 다니지만 정신적으로 하류로 생각되
는 사람들을 쉽게 볼 수 있다.

우리나라는 일반적으로 30평대 아파트에 월 소득 500만 원 이상, 중형급 자동차에 연 1회 해외여행을 다닐 수 있을 정도는 돼야 중산층이라고 한다. 반면 프랑스의 중산층 기준은 '악기를 하나 이상 다루고 외국어를 하나 이상 구사할 줄 알며, 스포츠를 즐기고, 색다른 요리와 봉사활동을 하는 것'이라고 한다. 영국의 옥스포드대학이 정의한 중산층은 '페어플레이 정신을 갖고 약자 보호에 나서며 자신의 주장과 신념이 있고 불의에 의연하게 대처하는 사람'이다.

우리나라는 빠른 시간에 앞만 보고 세계 최빈국에서 세계 10위권의 경제 대국으로 성장했지만 생각과 정신까지도 모두 물질만능주의에 지배당하고 있는 것은 아닌지 돌아보게 된다. 함께 사는 이 세상에서 더욱 나은 가치를 추구하고 다른 사람에게 도움이 되는 것들에 대해 생각하게 되기까지는 시간이 많이 걸릴 것 같다.

내 생각에는 현재 상황에서 정신적으로 상류층에 오르는 가장 좋은 방법은 책을 읽는 것이다. 그리고 컵에 물을 계속 부으면 넘치듯이 많이 읽으면 자신의 생각을 글로 쓰게 된다.
책을 읽지 않으면서 정신적으로 성숙하기를 바라는 것은 아무 것도 먹지 않고 배부르기를 바라는 도둑 심보다.

탐독은 사색을 부르고, 사색은 글쓰기를 부른다고 한다.
읽기와 생각하기, 쓰기는 모두 하나로 연결되어 있다.
이를 잘 활용하는 사람이 정신적인 상류층이다.
오십 년을 살아보니 드는 생각이다.

16

나만의 버킷 리스트

너도나도 버킷 리스트를 작성하는 것이 유행인 것 같다.

전에는 설레는 마음으로 작성한 버킷 리스트를 기를 쓰며 하나씩 지워나가던 나였지만 이제 버킷 리스트라는 말을 들으면 조금은 서글픈 감정이 올라온다.

사실 버킷 리스트는 하고 싶은 것보다 해야 하는 것들 위주로 작성해서 경주마처럼 앞만 보고 달려왔기 때문이기도 하고, 뭔가 인생의 마지막을 생각하고 비장한 마음으로 작성해야 하는 느낌이 들기 때문이다.

지금은 다시 큰마음 먹고 '나의 버킷 리스트는 무엇일까?'를 고민해봐도 정작 내가 하고 싶은 것들이 생각나지 않아 당황스럽기까지 하다.

남들처럼 마추픽추나 우유니사막 같은 곳을 방문하는 일, 스페인 산티아고길 걷는 일, 악기를 하나 배우는 일, 마음에 걸리는 사람들 찾아다니면서 화해하고 관계를 회복하는 일 등을 적어

보다가도 다시 지우곤 한다.

'어차피 무릎이 아파 산티아고길은 걸을 수 없잖아.'라고 자조하며 슬쩍 지우면서 '해야 하는 일' 너머 '하고 싶은 일'과 '할 수 있는 일' 사이에서 혼자만의 마음고생을 시작한다.

그럴듯한 버킷 리스트를 작성하더라도 하나씩 지우며 살다가 다 못 지우고 이 세상을 떠나게 되면 너무 아쉽지 않을까?

설령 운 좋게 버킷 리스트를 다 지우게 되면 그 순간 잠깐의 성취감 후에 '이젠 뭘 하지?'라는 당혹감이 들지는 않을까?

남들처럼 버킷 리스트를 작성하고 하나씩 실행해가는 용기도 없으면서 이런 생각들을 하며 스스로 변명거리를 찾고 있는 것은 아닌지 모르겠다.

'내 인생에 버킷 리스트는 사치야.'라며 스멀스멀 고개를 드는 꿈이라는 녀석을 애써 진정시키며 사는 모습이 때론 안쓰럽다.

그래서 생각해 낸 방법이 있다.

버킷 리스트를 하나씩 지워가는 것이 아니라 백지에서 시작해 하나씩 채워가는 것이다.

그러면 숙제처럼 버킷 리스트가 다가오지 않을 것이고, 내가 아직 만나지 못한 내 꿈들이 그곳에 하나씩 채색될 것 같다.

하나씩 채워지는 버킷 리스트에 알록달록 예쁜 색깔로 색칠을 해도 좋을 것 같다.

내 첫 번째 버킷 리스트는 무엇으로 하면 좋을까?

나는 얼마나 많은 리스트를 채우고 이 세상과 작별할 수 있을까?

즐거운 인생 고민이 새로 시작된다.

17
이 시대의 괴물들

요즘은 악플 하나에 괴로워하다가 목숨을 끊는 연예인들의 안타까운 뉴스를 자주 접하게 된다.

불특정 다수를 대상으로 한 칼부림 사건이 터지고 나서는 이런 칼부림이나 테러 등을 예고하는 글들이 많이 올라와 국민을 긴장하게 만들곤 한다.

그런데 이런 입에 담지 못할 댓글을 달고 딥 페이크 범죄를 포함해 흉악한 범죄를 예고한 사람들을 확인해보면 놀랍도록 평범한 사람들이다.

게다가 그중 절반 이상은 십 대다.

본인들은 그냥 장난이었다고 해도 이미 목숨을 끊거나 피해를 본 사람들은 어찌할 것인가.

이런 일을 장난 정도로 여기는 사람들이 괴물처럼 느껴진다.

자신의 손가락 한 마디에서 얼마나 잔인한 결과가 만들어지는지도 모르는 괴물 말이다.

악플은 그야말로 아무로 모르게 더러운 마음의 쓰레기를 버리는 행위이다.

장난으로 다른 사람을 공포에 떨게 하는 사람은 그 대상 중에 자신의 가족도 있음을 알아야 한다.

흉측한 괴물에게 가장 큰 공포를 주는 형벌은 거울 앞에 세우는 것이다.

건물들은 높아지지만 사람들의 의식 수준과 인격은 더 낮아진다.

과학은 발달했지만 거짓은 더 늘었다.

사람들이 달에도 다녀오는 시대지만 바로 길 건너 사는 이웃을 만나기는 더 어려워졌다.

즐거움을 찾아 헤매지만 행복과는 점점 더 거리가 멀어지는 느낌이다.

손에 쥔 것은 더 많아졌지만 오히려 궁핍감과 박탈감은 더 깊어

간다.

인류 역사상 가장 편리한 시대를 살고 있지만 마음과 정신은 가장 피폐한 시대가 되어가고 있는지도 모른다.

우리는 과연 자녀들에게 어떤 세상을 물려주게 될 것인가.

적어도 소돔과 고모라를 물려주면 곤란하지 않겠는가.

온통 괴물로 가득 찬 세상을 물려주려 하는 것인가.

이 세상을 더 망가뜨리지 않는 것이 현재 우리에게 주어진 가장 큰 숙제가 아닐까.

온갖 안 좋은 소식들을 접할 때마다 나는 혹시 나도 모르게 작은 들꽃 한 송이 밟고 걸어가는 것은 아닐지 발걸음 하나하나 돌아보게 된다.

18
뒤를 돌아보는 용기

싱그러운 5월의 어느 날, 퇴근길 지하철에서 내려 아파트 담장 길을 지나는 중이었다.

담장 녹슨 창살 사이로 새빨간 장미 한 송이가 삐죽 나와 있었다.

스치듯 지나면서 나도 모르게 중얼거렸다.

'참 예쁘네.'

집을 향해 계속 걸어가는데 자꾸 이 아이가 눈에 밟힌다.

빨리 집 문을 열고 들어가 아늑한 집 냄새를 맡은 후 샤워부터 하고 하루의 고단을 씻어내고 싶었지만 기어이 오던 길을 돌아가 그 아이를 사진에 담아 왔다.

몇 명의 사람들이 그런 나를 쳐다보며 지나갔다.

뒤돌아보지 말라 한다.

미련을 두지 말라 한다.

모르는 소리다.

두고 온 것들 중에 이렇게 예쁜 게 얼마나 많은데.

돌아보는 것도 용기가 필요하다.

이런 용기가 아름다움을 품을 수 있게 해준다.

인생 시간 오후 4시는 오히려 뒤를 돌아볼 나이다.

혹시나 무심코 지나친 것은 없는지, 내미는 손을 못 본 채 그냥 지나온 적은 없는지 말이다.

키가 더 커져 어두워지면 곧 사라질 자신의 그림자도 눈에 담아야 한다.

한 번씩 뒤를 돌아보는 용기가 자신 있게 앞으로 한 발 더 내디딜 수 있게 해준다.

아직 해가 지려면 멀었기 때문이다.

4장

새로운 관계를
찾아야 할 나이
:

함께 익어갈 동반자에 관한 이야기들

1
지금 당신 앞에 있는 사람

지금 당신 앞에 있는 사람에게 친절하게 대해주세요.
그는 어쩌면 가장 힘든 시기를 보내고 있는지도 모릅니다.

지금 당신 앞에 있는 사람에게 따스한 한마디 건네주세요.
그는 어쩌면 위로의 한마디 건네줄 친구가 필요한지도 모릅니다.

지금 당신 앞에 있는 사람이 웃을 때 함께 웃어주세요.
그는 어쩌면 모처럼 찾아온 행복한 이야기를 누군가에게 들려
주고 싶을지도 모릅니다.

지금 당신 앞에 있는 사람을 위해 커피 한 잔 주문해 주세요.
그는 어쩌면 마음을 나눌 수 있는 누군가가 필요한지도 모릅니다.

지금 당신 앞에 있는 사람이 당신에게 가장 중요한 사람입니다.

2
인맥이란

지나온 길을 돌아볼수록 감사의 제목이 넘쳐난다.
가장 감사하는 것은 바로 '인간관계'다
나그네 같은 인생길에 좋은 분들을 얼마나 많이 만났는지 모른다.

가장 아쉬운 것도 '인간관계'다.
단 하나의 뒤틀린 관계가 인생 전체를 흔들어버릴 수도 있음을
여러 번 경험했기 때문이다.

아주 오랜 시간 알아왔지만 커피 한 잔 함께 마시는 시간도 아까운 사람이 있고, 실제 본 건 몇 번 안 되지만 마음이 가고 방금 헤어졌는데도 금방 또 보고 싶은 사람이 있다.
인맥이란 내 스마트폰에 저장된 사람 수가 아니라 문득 지금 안부가 궁금해지는 사람들이다.

내가 어려움에 처했을 때 이것저것 따지지 않고 손을 내밀어주는 사람들이다.

그런데 나이가 들수록, 사회생활을 더 많이 할수록 그런 사람들이 점점 더 적어진다.

새로운 관계를 맺기보다 기존 관계를 정리하는 일이 더 많아지기 때문이다.

나는 과연 내가 소중히 생각하는 사람들에게도 소중한 존재일까 돌아보게 된다.

그리고 하나의 규칙을 발견하게 되었다.

특별한 까닭 없이 누군가 자꾸 좋아지는 것은 상대방의 선한 성품 때문이고,

뚜렷한 이유 없이 누군가 자꾸 싫어지는 것은 나의 못난 성품 때문이라는 것이다.

의미 있는 삶을 살기 위해 꼭 필요한 요소가 바로 나를 둘러싸고 있는 좋은 관계다.

오랫동안 행복하게 장수한 사람들의 비결은 다양한 사람들과 친밀한 관계를 유지하는 것이라 한다.

인간은 관계 때문에 행복해지고, 또 관계 때문에 불행해진다.

왜 이 사실을 지금에야 알게 되는 것일까.

3
떠나보낸다는 것

관계에 관한 책을 몇 권 썼다고 인간관계에 대한 상담을 요청 받는 경우가 많다.

관계 전문가라고 해서 관계가 다 좋은 것은 아닌데 말이다.

비만클리닉 원장이 뚱뚱할 수도 있고, 탈모클리닉 원장이 대머리일 수도 있다.

나도 늘 곁에 두고 싶은 사람도 있지만 그림자만 봐도 밥맛 떨어지는 사람도 있다.

얼마 전엔 오랜 시간 마음을 준 후배를 떠나보냈다.

아무리 노력해도 관계란 마음대로 되지 않음을 다시 한번 경험했다.

사이가 좋을 땐 바다처럼 모든 것을 받아줄 수 있을 것 같았는데 사이가 한 번 틀어지니 마음에 바늘 하나 꽂을 자리도 없는 것처럼 느껴졌다.

나이가 들면 키가 작아지는 것처럼 관계도 줄어든다.

새로운 관계를 맺는 일은 줄어들고 떠나보내는 관계는 늘어나기 때문이다.

자신과 관계가 좋지 않은 사람은 그렇게 떠나보내는 것도 괜찮다.

어떻게 모든 사람이 나를 좋아할 수가 있나.

대통령도 국민의 절반 넘는 사람이 싫어하는데 말이다.

보낼 사람은 보내고 남은 사람에게 조금 더 집중하면 된다.

비워야 다시 채울 수 있지 않은가.

그런데 아무리 그렇게 생각해도 아쉬움까지 사라지는 데는 시간이 좀 걸릴 것 같다.

그동안 내가 쏟았던 마음이 아무것도 아닌 것이 되어버리는 시간 말이다.

4

사람 냄새 나는 사람

스마트폰 알람 음악에 눈을 떴다.

몸살기가 있어 몸이 천근만근 무거운 날이었다.

분명 내가 좋아하는 노래를 알람음으로 설정해 놓았지만 알람
이 울리는 순간 짜증이 밀려왔다.

그 노래에 담긴 추억들도 허무하리만치 힘을 쓰지 못한다.

사람은 그만큼 변덕이 심하다.

마침 그날은 오래전에 해둔 약속이 있는 날이었다.

평소 좋아하고 만나보고 싶었던 사람과 어렵게 잡은 약속이라
취소하지 못하고 걱정했었는데 막상 그분을 만나니 너무 즐거
워 아픈 것도 잊어버렸다.

역시 최고의 명약은 사람이다.

지금 내가 좋아하는 사람들을 떠올려본다.

그 사람들의 공통점을 모아 놓은 사람이 바로 나 자신이다.

그동안 나를 스쳐 간 사람들을 사랑했던 마음을 모두 모아 놓은 것이 지금 바로 내 마음이다.

그렇게 스쳐 지나간 사람들에게도 나는 어떤 사람으로 기억될까.

가을이면 예쁜 은행잎이 세상을 온통 노랗게 물들인다.

그러나 은행 열매가 땅에 떨어지는 순간 악취 때문에 발로 밟기 꺼려지는 쓰레기로 변한다.

가끔은 온갖 거짓과 허세로 자신을 감추고 남을 속여야 더 높은 자리로 올라갈 수 있는 세상처럼 보인다.

사람도 겉은 번지르르한데 알고 보면 악취가 나는 사람이 많아 세상이 이리 어지럽다.

세상살이가 팍팍할수록 사람 냄새 나는 사람이 더 그리워진다.

냄새라는 말보다 향기라는 말이 더 잘 어울릴 듯하다.

이런 사람들은 늘 곁에 있어도 싫증이 나지 않는다.

인격이 권력이 되고, 인품이 무기가 되는 세상을 꿈꿔본다.

사람 냄새 나는 사람, 향기 나는 사람으로 우리의 일상이 채워지

기를 소망해본다.

5

멋진 복수

"선배님! 소주 한잔 사주세요."

한동안 연락이 뜸했던 후배가 찾아왔다.

오랜 시간 믿고 의지해온 친구에게 아주 심하게 뒤통수를 맞은
모양이었다.

화상을 입으면 약을 바르면 되지만, 사람에 데면 약도 없다.

나는 술을 못하지만 그래도 잔을 함께 부딪히며 묵묵히 들어줬다.

정말 마음이 많이 상한 것 같았다.

이야기를 들어보니 그럴 만도 했다.

"그 인간이 어떻게 나에게 그럴 수 있어요? 내가 보란 듯이 일어
날 거예요. 날 비참하게 만든 그 인간보다 훨씬 더 잘 살아서 복
수할 거예요."

"그래 힘내라. 믿었던 친구에게 많이 실망했나 보구먼. 복수하

고 싶은 마음까지 드는 것을 보니 말이야."

"네, 엄청요."

"그 친구는 너를 어떻게 생각하고 있을까?"

"사실 그 친구는 제가 잘 살건 못 살건 별로 신경 쓰지 않을 거예요. 지금 생각해보니까 가장 큰 복수는 지금부터 아예 그 인간을 생각하지 않는 것 같네요."

후배는 내가 던진 몇 가지 질문에 찬찬히 답하며 자신이 스스로 답을 찾아갔다.

누구나 좋지 않은 관계로 밤잠을 설쳐본 경험이 있다.

잊고 싶은 기억은 아무리 떨쳐내려 해도 습한 담벼락의 곰팡이처럼 계속 스멀스멀 질기게도 올라온다.

몸이 기억하는 습관도 무섭지만, 마음이 기억하는 습관은 더 무섭다.

가장 현명한 것은 안 좋은 기억이 앞으로 우리 삶에 더 이상은 영향을 끼치지 않도록 하는 것이다.

스마트폰처럼 기억 속에서 지우고 싶은 부분만 설정해서 삭제하는 기능이 있으면 좋겠다.

우리 마음을 아프게 한 그 사람은 우리 인생의 주인공이 아니라 어차피 지나가는 사람이다.

그러니 더 이상 그 관계가 우리 마음을 어지럽히지 못하게 하고 우리가 할 수 있는 최고의 복수를 해주면 된다.

사실 사람 때문에 마음 아파하는 이유는 당신이 관계를 소중히 여기는 좋은 사람이기 때문이다.

6
자꾸 생각나는 사람

언제 만나도 편한 사람이 있다.

늘 잔잔한 미소를 머금고 내 말에 공감해줘 함께 있으면 부담 없이 즐겁고 편안한 사람이다.

미소가 상대에게 얼마나 큰 힘이 되는지 몸소 느껴본 사람이다.

늘 안부가 궁금한 사람이 있다.

밤새 잠은 잘 잤는지, 밥은 잘 먹었는지, 오늘은 누구를 만나는지, 지금 기분은 괜찮은지 수시로 궁금하다.

기쁜 일이 있으면 가장 먼저 찾아가고 싶은 사람이 있다.

늘 내 일처럼 함께 기뻐해주고 나보다 더 호들갑을 떨어준다.

그저 주절주절 털어놓아도 말없이 고개를 끄덕이며 '난 늘 네 편이야.'라고 속삭여주는 사람이다.

마음이 힘들 때 생각나는 사람이 있다.

위로를 잘 해주는 그 사람은 본인도 많아 아파본 사람이다.

늘 손을 내밀어주는 그 사람은 본인도 심하게 넘어져 본 사람
이다.

늘 말없이 어깨를 내어주는 그 사람은 잠시 기댈 곳이 있는 게
얼마나 큰 힘이 되는지 아는 사람이다.

인생을 살아낼수록 "넌 정말 멋져.", "네가 최고다.", "우리 함께
가는 거야." 이런 요란스러운 말보다 더 마음에 와닿고 힘이 되
는 말이 있다.

"너 거기 잘 있지? 나도 여기 있어."

인생 시간 오후 4시에 생각나는 사람이 있다.

바로 이 글을 읽으며 고개를 끄덕이고 있는 당신이다.

7

그 식당엔 다시 가기 싫고

대한민국은 OECD국가 중 자살률이 가장 높다.

한 해 1만 2천 명이 넘는 사람들이 스스로 목숨을 끊고 있다.

이 중 남성이 70퍼센트를 넘게 차지하고, 그중 절반 이상이 50대
라 한다.

인생 시간 오후 4시를 맞는 가장들은 어쩌면 인생 중 가장 위험
한 시기를 보내고 있는지도 모른다.

자살은 단순한 충동의 표출이 아니다.

누구도 가벼운 마음으로 생을 포기하지 않는다.

겉보기에는 한 순간의 분노나 충동을 억제하지 못해 목숨을 끊
은 것처럼 보이지만, 실제로는 생각보다 더 극심한 몸과 마음의
고통을 겪은 끝에 자살을 감행한다.

정신과 전문의 정혜신 박사는 "내 고통에 진심으로 공감해 주는
한 사람만 있으면, 사람은 산다."라고 말한다.

그의 말이 옳다면 자살을 택하는 사람들 곁에는 마음의 주파수를 맞출 그 '한 명'이 없었다는 뜻이다.
죽음으로 내모는 극한의 고통을 주는 것은 대부분 사람이다.
별 생각 없이 내뱉은 말과 댓글 때문이다.

주위에 좋은 사람들이 많으면 구름 위를 걷는 것처럼 행복하다.
반대로 하나의 악연이 인생 전체를 망가뜨리기도 한다.
불미스러웠던 일이 있던 식당엔 다시 가기 싫고, 헤어진 그 사람과의 추억이 깃든 카페는 다시 발을 들여놓고 싶지 않은 법이다.
나도 내 원고 퇴짜 놓은 출판사 책은 사기 싫고, 내 의도와는 다르게 해석해서 내 글을 비판하는 사람과는 말을 섞기 싫다.
사람에게 받은 상처는 잠을 이루지 못하게 하고, 겨우 잠들어도 꿈속에서 괴로움을 주곤 한다.
인생의 가장 큰 트라우마가 되어 오랜 시간 괴롭히기도 한다.

그런데 재미있는 것은,

정작 상대방은 자신이 상처 준 일을 기억조차 못 한다.

아예 내 존재조차 모르는 경우도 많다.

상처 없는 사람이 어디 있나.

사람들은 모두 자신만이 아는 상처들을 꿰매고 싸매면서 상처가 흉터가 되지 않게 하기 위해 하루하루 버티며 살아간다.

그러니 상처에 좀 더 익숙해지고, 심지어 상처를 통해 배우고, 상처와 함께 살아가는 데 익숙해져야 한다.

상처를 보듬으며 살아가는 법을 배워야 한다.

마음을 불편하게 했던 식당은 가지 말고, 다른 식당에 가서 더 맛있는 음식을 사 먹으면 된다.

이제는 마음 관리가 필요한 시간이다.

8

서울의 달

'달이 거기서 거기지 서울에서 보는 달이 뭐가 다른가?'

어느 날 TV를 보다가 〈서울의 달〉이라는 노래가 나오는 것을 보고 든 생각이다.

"그럼 부산의 달, 대구의 달, 광주의 달, 제주의 달이란 노래도 나와야 하는 거 아냐?"

내 말을 듣고 지방 출신인 한 친구가 말했다.

"응, 많이 달라. 서울의 달은 고향의 달과 달라."

고향을 떠나 서울에서 타향살이를 해 본 사람에게 '서울의 달'이 주는 정서는 남다르다는 것이었다.

자신도 힘들 때면 하늘에 뜬 달을 보며 고향 생각, 부모님 생각, 친구들 생각에 잠겨 외로움을 달랬다고 했다.

서울에서 태어난 나는 이해하지 못하는 정서였지만 설명을 듣고 공감할 수 있었다.

나도 높은 산들로 빼곡히 둘러싸인 곳에서 군대생활을 하다가 힘들면 하늘의 달을 보며 서울에 있는 가족들 생각을 하곤 했었기 때문이다.

〈서울의 달〉이라는 드라마도 있었고, 같은 제목의 노래가 여러 개 있는 것도 비슷한 정서를 지닌 사람들이 많기 때문이다.

"하늘의 달을 보면 어느 정도 그리움을 달랠 수 있었지만 외로움은 어쩔 수 없더라."

그 친구는 지방에서 올라와 대학생활을 나름 성실하게 하고 평범하게 직장생활을 하며 결혼도 했지만 금방 이혼하고 계속 혼자 살았다.

오랜 시간 싱글이었던 그는 친구들끼리 모여도 가장 늦게까지 남아 있곤 했다.

"헤어지기 싫어서가 아니라 혼자 있기 싫어서야."

둘이 가장 오래 남아 있던 어느 날 그 친구가 담담히 털어놨다.
"아무리 시간이 흘러도 외로움은 익숙해지지가 않아."

요즘은 1인 가구도 늘고 혼자서 살아가는 방식을 더 편하게 여기는 사람들이 많다.
필요에 따라 동호회 같은 모임에 참석하며 사람들을 만난다.
그래도 역시 나중에는 혼자 놓이게 된다.
나는 이럴 때 느끼는 외로움 혹은 쓸쓸함이 가장 인간적인 정서라 생각한다.
가끔 달을 올려다보며 '지금 이 시간에 어딘가에서 저 달을 올려다보고 있는 사람들이 있겠지.'라는 생각이 들면 외로운 마음이 조금은 잦아드는 것을 느낄 수 있다.
들판에 제각각 서 있는 나무들도 땅속에서 모두 손을 잡고 있다는 개념처럼 인간은 기본적으로 연대감 속에 안정감을 느낄 수 있는 존재다.

고개를 들어 애틋한 마음으로 하늘의 달을 올려다보는 사람들은 모두 디디고 서 있는 땅속으로 서로 연결되어 비슷한 정서를 공유하는 사람들이다.

어두운 밤하늘을 가로질러 모두 서로서로 손을 잡고 있는 것이다.

겉으론 무표정한 얼굴로 바쁘게 스쳐 가는 사람들도 모두 이런 정서로 연결된다.

그리고 수많은 평지풍파를 겪고 '나의 은퇴는 다를 거야.'라고 생각하다가 정작 은퇴의 기로에 선 지금, 가족들은 모두 잠든 이 시간 아파트 베란다에서 내다보는 달은 어딘지 모르게 살며시 미소를 짓고 있는 것 같다.

내가 겪어온 일들, 내가 살아온 인생을 다 이해하는 것 같다.

부모를 봉양하고, 자식을 양육하고, 노후의 삶도 책임져야 하는 짐을 지고 어딘가에 구멍이 뚫린 채로 힘겨운 항해를 이어가고 있는 나를 위로하고 있는 듯하다.

내게도 서울의 달이 특별해지기 시작했다.

9

가장 귀한 옥수수

몇 해 전, 이미 찜통더위가 시작된 6월의 어느 날이었다.

허리는 말할 것도 없이 왼쪽 다리에 말로 표현할 수 없는 극심한 통증이 밀려와 잠은커녕 앉지도, 눕지도 못하고 엉거주춤한 자세로 서서 꼬박 이틀 밤을 새우고 응급실에 갔더니 디스크가 터졌단다.

의사 선생님으로부터 조금 더 늦었으면 신경이 끊어져 평생 왼쪽 다리를 못 쓸 뻔했다는 꾸지람을 듣고 다음 날 아침에 응급수술을 받았다.

수술 후 회복실을 거쳐 2인실에 들어갔는데 먼저 입원하신 할아버지 환자가 계셨다.

충북 괴산에서 농사를 짓는 분이신데 직접 몰던 경운기가 논두렁에서 뒤집혀 깔리는 바람에 급히 서울로 옮겨져 큰 수술을 받으신 분이다.

로보캅처럼 온몸에 보조기를 이것저것 대신 것만 봐도 상태가 위중했음을 알 수 있었다.

보호자이셨던 할머니는 몸뻬바지를 입고 계셨는데 말 그대로 '6시 내 고향'에서 흔히 볼 수 있는 정감 있는 시골 할머니셨다.

게다가 밭일하다가 사고가 나서 함께 구급차를 타고 서울로 오시느라 이것저것 준비도 못 하고 오셨단다.

여러 가지 필요 물품들을 준비해 온 우리는 병실 안에서 필요한 것들을 함께 사용하시도록 해드렸다.

할아버지는 나보다 훨씬 심각하신 상태인데도 "젊은 사람이 우짠디." 하시며 내내 나를 걱정하셨다.

내 손님이 문병을 오면 일부러 불편한 몸을 이끌고 자리를 비켜주시고, 할머니가 밤에 코를 심하게 고시면 내가 자다 깰까 봐 일부러 곤히 주무시는 할머니를 깨워 밖으로 데리고 나가서 병실 밖에서 시간을 보내고 오시기도 하셨다.

내 아내가 병실에만 계셔 답답하셨을 할머니를 모시고 바람을 쐴 겸 근처 시장 구경도 가고, 집에서 음식도 준비해와 함께 먹기도 했다.

그렇게 보름을 함께 지낸 후 퇴원하는 날, 두 내외분이 병원 입구까지 따라 나오셨다.

"서운해서 어떡한대."

할머니가 눈물을 훔치셨다.

"그런 소리 말어. 퇴원하는 사람한테 그게 무신 소리여."

할아버지가 면박을 주시면서도 역시 두 눈에 눈물이 글썽이셨다.

뜬금없이 할아버지의 눈이 소의 큰 눈망울을 닮았다고 느껴졌다.

퇴원 후에도 매주 외래진료를 갈 때마다 일부러 병실에 찾아가 인사를 드리곤 했다.

그렇게 할아버지도 잘 치료받으시고 두 달 후에 퇴원하셨다.

가을 무렵 생각지도 못한 택배가 도착했다.

보낸 사람은 '충북 괴산시 서○○', 함께 입원했었던 할아버지셨다.

박스를 열어보니 옥수수를 비롯해서 직접 농사지으신 농작물을 바리바리 싸서 보내셨다.

흙도 그대로 묻어 있는 것을 보니 수확하자마자 바로 박스에 넣어 보내신 것 같았다.

건강이 회복되셔서 다시 농사를 지으실 수 있으신 것 같아 마음이 좋았다.

내겐 비싼 유기농마트에서 산 농작물보다 더 귀한 것들이라 남

하나도 주지 않고 정말 아끼고 아끼며 끝까지 다 먹었다.

그리고 몇 년간 초가을이면 반가운 농산물 택배가 도착하곤 했다.

몇 해가 더 지난 어느 날 핸드폰을 뒤적이다가 익숙한 전화번호가 눈에 띄어 한참을 들여다봤다.

'서○○ 할아버지'

반가운 마음에 문자라도 보내드리려다 말았다.

매년 보내오시던 농작물이 작년에는 도착하지 않았기 때문이다.

연로하신 분들이셨는데 몇 해가 지나는 동안 혹시 무슨 일이라도 생겼을까 봐 겁이 났다.

난 아직도 할아버지의 전화번호를 간직하고 있지만 여전히 연락을 드리지는 못하고 있다.

그저 내 부모님처럼 건강히 오래오래 사시기를 바라고 또 바랄 뿐이다.

난 지금도 옥수수를 먹을 때면 괴산 노부부가 떠오른다.

엘리베이터 앞에서 눈물을 글썽이던 모습이 생각난다.

소를 닮았던 그 눈망울이 생각난다.

할아버지가 농사지으신 옥수수를 다시 한번 먹어보고 싶다.

10

꿈과 자유

한동안 소식이 끊겼던 친구에게 연락이 왔다.

글로벌기업에 입사해 누구보다 직장생활을 열심히 해서 나이에 비해 빨리 회사의 최고위직까지 올라갔던 친구다.

어느 날 퇴직하고 컨설팅과 학교 강의를 하다가 소식이 끊어졌었는데 경치 좋은 곳에 내려가 전원생활을 하고 있으니 놀러 오라는 것이었다.

반갑기도 하고 궁금하기도 하여 그 친구가 살고 있는 곳으로 차를 몰았다.

편안한 미소 뒤로 생각보다 조금은 더 늙어 보이는 친구가 맞아줬다.

"사실 내 목표는 빨리 은퇴하고 이런 삶을 사는 거였어."

늘 승승장구하던 친구가 이런 생각을 가지고 있는지는 미처 몰랐었다.

그제야 그렇게 앞만 보고 달려가던 친구를 이해할 수 있었다.

너무 일만 하고 연락도 뜸하던 친구가 조금은 야속했기 때문이었다.

편견과 오해는 늘 마음을 오염시킨다.

"처음에는 조금 지루하긴 했지만 지금은 하루 종일 아무것도 하지 않고 지내는 날도 있어. 여기서는 누가 뭐라고 하는 사람도 없고, 눈치 볼 일도 없고, 내 마음대로 하면 되니까. 그야말로 자유인이지. 그저 상추며 가지, 고추, 오이 같은 아이들을 키우며 살고 있어."

그 친구가 부럽기도 하고, 아직도 학생인 아이들을 부양해야 하는 내 처지가 처량해지기도 했지만 금방 마음 매무새를 고쳐먹었다.

사실 그 친구는 조금 더 일하고 싶었는데 아내가 덜컥 병을 얻어서 어쩔 수 없이 회사를 그만두고 공기 좋은 곳으로 거처를 옮긴 것이었다.

그리고 그 아내는 몇 달 전에 하늘나라로 떠났고, 대학생인 두 딸은 모두 미국에서 공부하고 있었다.

본의 아니게 너무 갑자기 감당 못 할 자유가 주어진 것이었다.

"살아보니 내가 생각하는 꿈과 자유는 모두 가족이었어. 그걸 늦게 깨달은 게 너무 아쉽다."

돌아오는 차 안에서 내내 머릿속이 복잡했다.

친구의 책상 위 메모지에 써 있던 단어들이 계속 떠올랐기 때문이다.

'이별, 그리움, 가족'

이별을 경험해보지 않은 사람도 이별이라는 단어를 들으면 마음이 애틋해지고 콧잔등이 시큰해진다.

그러나 사실 우리는 모두 이별을 경험하고 있다.

김광석의 노래처럼 우리는 매일 지금 이 순간과 헤어지고 있는 것이다.

색의 끝을 알 수 없는 그러데이션처럼 너무 자연스럽게 이별하고 있으니 알아채지 못할 뿐이다.

그러나 이별의 정서는 우리 몸 세포 하나하나에 각인되어 있다.

누구도 이별을 피할 수 없으니 잘 마주해야 한다.

이 순간에 충실하는 것, 지금 내 앞에 있는 사람을 마음 다해 사랑하는 것이 이 순간을 잘 보내는 것이다.

나는 무엇을 위해 이렇게 열심히 살고 있는지 생각하고 또 생각해봤다.

결국 내가 추구하는 행복과 자유의 한가운데에는 역시 가족이 있었다.

아파트 주차장에 차를 세우고 고개를 들어보니 늦은 시간인데도 불빛이 환하게 켜져 있는 우리 집 창문이 눈에 들어왔다.

시험 기간이라 두 아이 모두 공부를 하고 있을 아파트 현관문을 열고 나는 꿈과 자유 속으로 들어갔다.

내 손에는 친구가 직접 농사지었다는 상추와 가지를 담은 검은 비닐봉지가 들려 있었다.

11

지금 해도 돼요

최근 죽음학 관련 세미나가 유행이다.

죽음교육지도사라는 자격증이 생겨날 정도이다.

누구나 한 번은 죽음을 마주 대해야 하기에 죽음은 단도직입적

인 사실이고, 돌이킬 수 없는 단호한 일이다.

어떻게 사는가 만큼 어떻게 죽는가도 중요하다.

어쩌면 그것이 인생에서 가장 중요한 일인지도 모르겠다.

요즘은 유서를 작성해보는 일이나 직접 관 안에 들어가 누워보

고 혹은 자신의 묘비명을 작성해보는 프로그램들이 많다.

나이 많은 어르신들이 관심 가지실 것 같지만 의외로 20대를 포

함한 젊은 층에서도 인기가 있다.

죽음이 늘 가까이 있음을 생각하면 살아 숨 쉬는 지금의 일상이

더 소중함을 깨닫게 된다.

특수청소서비스회사를 운영하는 김완 대표는 누군가의 죽음으로 생계를 이어가는 직업적인 아이러니 속에 살면서 쓴《죽은 자의 집 청소》에서 "삶과 존재에 관한 면밀한 진술은 인간이 죽은 곳에서 더 선명하게 드러난다."라고 설명한다.

인간은 늘 죽음을 등에 지고 살아가는 존재라 삶과 죽음은 동전의 양면처럼 한쪽만으로는 성립이 되지 않는다.

얼마 전에는 건강했던 첫 직장 직속 후배가 퇴근길에 심장마비로 갑자기 세상을 떠났다.

미망인과 어린 자녀들의 모습이 너무 안타까워 차마 직접 위로의 말을 건네기가 어려웠다.

"저 어린 것들은 앞으로 어떻게 살라고."라는 말만 흘러나올 뿐이었다.

죽음이 그리 먼 곳에 있지 않음을 수시로 실감하는 인생이다.

죽음에 관해 생각해보는 모임에서는 "만일 오늘이 마지막 날이라면 무엇을 하겠는가."라는 질문을 빼놓지 않는다.

의미 있는 대답이 많이 나오지만 "사랑하는 사람들에게 진심으로 사랑한다고 말해주고, 미워했던 사람들을 다 용서해주겠다."라는 내용이 가장 많다고 한다.

너무 좋은 말이다.

그러니 꼭 마지막 날까지 기다리지 않고 지금 하면 어떨까.

미처 실행해보지 못할 수도 있으니 말이다.

12

세상에서 가장 맛있는 커피

커피는 얼핏 보면 색깔도 다 시꺼멓고 맛도 씁쓸하니 비슷하지
만 자세히 음미해 보면 맛과 향이 조금씩 다 다르다.

사람도 그렇다.

커피를 좋아하는 나는 아침에 눈을 떴을 때 '오늘은 어떤 커피를
마실까.'라는 생각이 들면 설렌다.

그날 만나 커피를 함께 마실 사람들을 생각하면 기분이 좋아지
기도 한다.

내 책이 새로 출간되었을 때 한 카페에서 열린 북토크에서 어떤
독자분은 커피를 별로 좋아하지 않지만 하루를 시작할 때 사약
을 마시는 기분으로 커피 한 사발을 마신다고 했다.

사약을 마셨으니 오늘이 마지막 날이려니 하고 죽을힘을 다해
열심히 산다는 것이다.

사약을 마셨는데도 죽지 않고 멀쩡하면 그 하루는 감사함으로

선물처럼 여기고 더 열심히 살게 된다는 것이었다.

커피의 기능은 참 여러 가지다.

내게도 커피와 연결된 사람들이 많이 있다.

맛있는 커피를 마실 때면 생각나는 사람들이 있다.

커피 한잔 사주기 아까운 사람이 있고, 억지로라도 커피 한잔 대접하고 싶은 사람이 있다.

차가운 회색 아스팔트빌딩 숲 사이에서 손 시린 악수와 함께 마시는 커피는 별 감흥이 없지만, 좋은 사람과 함께 있으면 커피향이 더 짙어진다.

역시 가장 맛있는 커피는 좋은 사람과 마시는 커피다.

나른한 오후에 마시는 커피는 향이 더 깊고 묵직하다.

인생 시간 오후 4시에 마시는 커피잔에는 많은 이야기가 담겨 있다.

13

칭찬 돌려 막기

"인상이 참 좋으시네요."

업무차 만난 분에게 뜻하지 않게 기분 좋은 칭찬을 들었다.

내가 잘생긴 사람은 아니란 것을 나는 잘 안다.

그래도 이 나이에 인상이 좋다는 것은 작지 않은 의미가 있다.

살아온 삶의 굴곡과 마음의 결이 주름에 담겨 있으니 아무리 돈

이 많고 지위가 높아도 인상을 더 좋게 포장하는 것은 어렵지 않

은가.

보톡스와 필러로 중력을 이기려는 시도도 어색함을 이기지 못

한다.

노화를 감추기 위해 얼굴을 이곳저곳 손대고 잘 웃어지지도 않

는 어색한 얼굴로 방송에 나오는 연예인들을 보면 뭔가 부자연

스럽고 불편해 보여 따라 하고 싶은 생각이 들지는 않는다.

내 인상이 좋든 그렇지 않든 중요한 것은 칭찬을 들으니 내 기분

이 종일 좋았다는 것이다.

사실 한국인들의 칭찬 돌려 막기 기술은 가히 세계 최고다.

멋진 그림을 보면 말한다. 와! 사진 같아요!

멋진 사진을 보면 말한다. 와! 그림 같아요!

예쁜 사람을 보면 말한다. 와! 인형 같아요.

정교한 인형을 보면 말한다. 와! 사람 같아요.

식당에서 음식이 맛있으면 말한다. 와! 집밥 같아요.

집에서 해 준 맛있는 밥을 먹으면 말한다. 와! 돈 받고 팔아도 되겠어요.

반면에 말도 안 되는 이야기를 들으면 "소설 쓰고 자빠졌네."라고 한다.

소설 같은 현실을 보면서는 "우째 실제로 이런 일이."라며 혀를 쯧쯧 차기도 한다.

입만 열면 돌려 까기, 모두 까기에 혈안인 요즘이지만 칭찬을 들으면 기분이 좋아지니 돌려막기라도 칭찬이 넘쳐나면 좋겠다.
생각해보면 인생 시간 오후 4시의 인상은 한 사람의 인생을 대표하는 인상이 아닐까 싶다.
이 글을 읽는 당신의 인상도 참 좋을 것 같다.

14

항상 울 수는 없잖아

"내가 필요하면 진짜 아무 때고 전화해."

내게도 이런 친구가 있다.

기쁜 일이 있으면 내 일처럼 기뻐해주고, 안 좋은 일이 있으면
열 일 제쳐두고 바로 달려와 자신의 일처럼 걱정하고 함께 염려
해주는 친구다.

이 친구는 만날 때마다 악수 대신 손바닥이 아프도록 하이파이
브를 해준다.

항상 웃는 얼굴에 늘 긍정적이고 밝은 에너지를 뿜어내 주위 분
위기를 좋게 만들고 사람들에게 인기도 많다.

늘 환하게 웃으니 눈가에 주름이 남들보다 더 먼저 생겼다.

그 주름은 늙어 보이게 하기는커녕 아름다운 인생의 훈장처럼
보인다.

한번은 한참 대화를 나누다가 슬그머니 자신의 힘들었던 이야기를 꺼냈다.

기러기 아빠였던 그는 오랜 시간 가족, 직장, 건강상의 문제로 많은 어려움을 겪어온 것이었다.

생각해보니 나는 늘 내 이야기만 쏟아 놓았을 뿐, 친구의 이야기를 들으려 한 기억이 없었다.

내가 힘들고 아프다고 징징거렸던 그 오랜 시간 동안 친구는 오히려 더 큰 아픔을 감내하며 지내는 중이었다.

"전혀 몰랐어. 늘 밝고 긍정적이라 그런 일들이 있는 줄 몰랐네. 그런데 어떻게 그렇게 항상 웃을 수 있었던 거지?"

"항상 울 수는 없잖아."

이 말을 듣는 순간 나는 아주 큰 망치로 머리를 한 대 얻어맞은 것 같은 느낌이 들었다.

찬찬히 풀어놓는 친구의 이야기를 들으니 중년 가장이 참아내기 어려운 일들을 많이 겪어 온 친구에게 더욱 진한 동질감이 느껴지면서 미안해졌다.

그 오랜 세월 동안 내 이야기만 쏟아 놓으며 나만 위로를 받았으니 말이다.

"그런 줄도 모르고 나는 내 힘든 이야기만 쏟아부었네. 정말 미안해."

"무슨 소리야. 내가 힘들 때마다 네가 와서 이야기 친구가 되어줘서 정말 고마웠어."

하루를 마무리할 오후 4시가 되면 길어진 그림자만큼 지치고 어깨도 축 처지게 마련이다.

인생 시간 오후 4시도 마찬가지다.

그럴 때 역시 비타민처럼 힘을 주는 것은 좋은 관계다.

내게 힘을 주는 사람이 있을 때에도 힘이 나지만, 내가 누군가에게 힘이 되어주고 있음을 느끼게 될 때 지는 해에 비치는 노을이 더 아름답게 보인다.

마지막에 헤어지면서 그 친구에게 말했다.

"내가 필요하면 진짜 아무 때고 전화해."

그 친구는 역시 환하게 웃는 얼굴로 허공에 하이파이브 하는 시늉을 하곤 씩씩하게 돌아서 식구들도 없는 자신의 집 방향으로 걸음을 재촉했다.

15

남 탓이 가장 쉬운 것

앞만 보고 달려온 인생이지만 이제는 가끔 멈춰 주위를 둘러보 곤 한다.

눈을 들어 찬찬히 세상을 돌아보면 온통 혼란스러운 데다 사람 사이의 관계와 세대 간의 불협화음도 극에 달한 느낌이다.

최진석 교수는《탁월한 사유의 시선》에서 우리 사회의 혼란에 대해 이렇게 정의한다.

"건국 세력은 건국할 때의 틀로, 산업화 세력은 산업화의 틀로, 민주화 세력은 민주화의 틀만 가지고 서로 자기가 옳다고 아귀다 툼하고 있을 뿐이다. 이 아귀다툼을 우리는 '혼란'이라고 한다."

모두가 싸움꾼으로 변해 자기 입장만 고집하고 남 탓만 하면서 그것만으로도 자신이 무엇인가 의미 있는 일을 하고 있다고 생 각하는 듯하다.

많이 배우고 머리 좋은 사람일수록 그 좋은 머리를 이런 일에 사용하느라 혈안이 된 느낌이다.

자기가 하면 로맨스고 남이 하면 불륜이라는 말은 이제는 어린아이들도 사용할 만큼 일반화된 표현이다.

성숙하고 여물어질 시간 없이 너무 위만 바라보고, 너무 앞을 향해서만 달려왔기 때문이 아닐까 싶다.

남 탓과 관련해서는 참 재미있는 사례가 있다.

무시무시한 성병인 매독에 대해서 러시아에서는 폴란드 질병이라 부르고, 폴란드에서는 독일 질병이라 불렀다.

그리고 독일에서는 프랑스 질병, 프랑스에서는 이탈리아 질병이라고 불렀다는 것이다.

스스로 이런 흉측한 병에 자신의 나라 이름을 붙이는 사례는 단하나도 찾을 수 없고, 모두 라이벌 국가나 싫어하는 국가의 이름을 붙여놓았다.

그 어느 때보다 세대 차이에 대한 불평들도 많이 나온다.
젊은 세대는 기성세대를 '라떼는'만 남발하는 꼰대라 부르고, 기
성세대는 젊은 세대를 MZ세대라 부르며 여러 가지 개인주의적
인 특성들을 갖다 붙인다.
그러나 인디언 속담에 "상대방의 입장을 이해하려면 상대의 신
발을 신어보라."라는 말이 있듯이 서로를 이해하려는 노력이 필
요하다.
대한민국의 기성세대는 너무 빠르게 변화하고 발전하는 시대를
관통하며 앞만 보고 달려가다 보니 젊은 세대를 이해하고 품어
줄 만한 여유가 없었다.
세상이 변하는 속도가 적응력보다 빨랐던 것이다.
젊은 세대는 계속 바뀌는 교육 정책과 취업난 등을 겪으면서 남

을 돌아볼 겨를 없이 스스로 경쟁력을 갖추지 않으면 살아남을
수가 없었다.

게다가 요즘은 한 살 차이만 나도 세대 차이를 느낀다는데 기성
세대 마음대로 20대부터 30대까지 무려 20년 터울의 사람들을
묶어 놓고 제멋대로 MZ세대라 부르는 것은 편의상 X세대, Y세
대, Z세대처럼 알파벳으로 끼워 맞추기 위한 무리수로 보인다.

'세대 차이'가 아니라 '시대 차이'로 인식해야 한다.

맞고 틀림이 아니라 입장의 차이로 이해해야 한다.

각 세대마다 상황에 맞게 자신들의 역할들을 담당하고 있는 것
이다.

기성세대가 앞만 보고 달려왔기에 지금의 삶을 누릴 수 있는 것
이고, 지금도 전쟁이 나면 결국 총을 들고 나가서 싸우는 것은
MZ세대다.

혼란의 소용돌이 속에서 자신은 어떤 역할을 해야 옳은지, 어떤 시선을 가지고 어떻게 살아가야 하는지 진정성 있는 고민이 필요하다.

남 탓만 하고 손가락질만 하고 있으면 나아지는 것은 하나도 없고 본인만 뒤처지게 된다.

당장은 남 탓이 가장 쉽지만 나중에는 그 손가락이 다름 아닌 자기 자신을 가리키고 있음을 깨닫게 될 것이다.

16

매일 청년의 날이었으면

몇 해 전 우연히 TV를 켰는데 무슨 기념식에 대통령도 나오고 BTS도 나오길래 '어? 이건 뭐지?' 하면서 잠시 시청했었다.

〈제1회 청년의 날〉 기념식이었다.

사실 청년의 날이 있는지도 몰랐는데 아마 그 어느 때보다 힘든 시기를 보내고 있는 청년들을 위로하고 힘을 주기 위해 제정한 것 같다.

일전에 한 선배가 말했다.

요즘 청년들은 꿈이 없고 책임감도 없어 보인다는 것이었다.

우리 때는(라떼는) 최루가스 연기 속에 치열하게 학교에 다니고, 직장에 들어가서도 가족을 위해 불평 없이 밤낮 안 가리고 열심히 일했다는 것이다.

글쎄다.

내 생각엔, 지금은 군부독재 상황도 아니라서 민주화 열망과 이데올로기 싸움은 없지만 청년 개개인의 삶은 나의 청년 시절보다 더 치열한 것 같다.

내가 지금 청년이라면 대학도 가기 힘들 것 같고, 취직도 하지 못할 것 같다.

커리어코치와 채용면접관으로 활동하면서 치열하게 살아가는 청년들을 많이 만나니 이런 생각이 더 강하게 든다.

청년들이 꿈이 없는 것이 아니라 함부로 꿈꿀 수 없게 만든 기성세대의 잘못이 더 크다.

우리 때는 그래도 열심히 살면 길은 있었기 때문이다.

가정환경이 여의치 않아도 자기만 열심히 하면 좋은 대학도 갈 수 있었고, 공부는 잘하는데 집안이 어려워 일찍 돈을 벌어야 하는 상황이었으면 상고에 진학해 은행에 입사할 수도 있었다.

내가 은행에 다닐 때는 지점장의 50퍼센트 정도가 상고 출신인 적도 있었다.

내가 대학을 졸업할 때도 사상 최악의 실업난이라는 상황 속에서 수십 군데 입사원서를 제출했고, 나도 친구들도 결국 어떻게든 취업을 해서 이 나이가 되도록 먹고살고 있다.

그런데 지금은 어릴 때부터 어른들이 만든 과정들을 성실히 거쳐오면서 우리 어른들보다 더 많은 공부를 하고도 편의점, 카페, 배달 등 알바로 한숨 쉬며 하루하루를 보내는 청년들이 얼마나 많은지 모른다.

많은 돈과 시간을 들여 스펙을 쌓아야 가능한 취업은커녕 결혼도, 출산도 엄두가 나지 않기 때문이다.

물론 역사상 더 힘들었던 세대도 찾아볼 수 있다.

나보다 400년 먼저 태어난 1570년생은 23살이 되던 1592년에 임

진왜란을 겪고 28세엔 정유재란, 58세인 1627엔 정묘호란, 운 좋게 살아남아도 9년 후인 1636년엔 병자호란을 겪어내야 했다. 또 1200년대생은 10대, 20대, 30대, 40대에 모두 끔찍한 몽골전쟁을 겪어야 했다.

그렇다고 해서 지금 청년들에게 '너희들이 사상 최악의 세대는 아니야.'라는 말이 위로가 되는 것은 아니다.

하다못해 일제 치하와 한국전쟁을 겪으신 조부모님, 부모님의 보릿고개 이야기도 먼 달나라 이야기처럼 들릴 때가 많지 않은가.

우리가 젊을 때는 "젊어서 고생은 사서 한다."라는 말이 유행이었다.

그런데 지나고 보니 그렇지가 않더라.

젊어서 고생을 많이 하면 골병이 들어 늙어서도 인생을 제대로 누리기가 어렵다.

나도 참고 또 참아야 했던 군대 생활의 후유증이 평생을 괴롭히고 있다.

아프니까 청춘이라니?

아프면 환자지 왜 청춘인가?

물론 누구나 아픔을 겪으니 잘 겪어내고 이겨내라는 선배들의 진심 어린 충고겠지만, 청년들이 극복하기 어려운 아픔을 겪지 않아도 될 미래를 만들어 주는 것이 기성세대들의 임무다.

40대 이상의 어른들이 전쟁을 일으키지만 결국 총 들고 나가 싸워야 하는 사람들은 청년들이다.

그러니 함부로 전쟁 같은 상황을 만들지 말아야 한다.

아니면 전쟁을 결정한 자신들이 전장에 나가 최전선에서 싸우든가 말이다.

높디높은 벽을 만들어 놓고 "포기하지 말고 벽을 거슬러 올라가는 담쟁이가 되라."라는 격려를 하기 이전에 벽을 허무는 것, 아니 아예 벽이 필요하지 않은 세상을 만드는 것이 어른들의 역할이다.

내 아이들을 포함한 청년들이 힘을 냈으면 좋겠다.
인생을 조금 먼저 살아온 선배의 한 사람으로서 축 처진 어깨를 토닥여주고 싶다.
365일 내내 청년의 날이었으면 좋겠다.

17
사랑도 익는다

지하철로 퇴근하는 길이었다.

퇴근 시간의 혼잡을 피하기 위해 서둘렀는데도 이미 지하철에
는 사람이 많았다.

눈치 보며 자리싸움하기 싫어 노약자석 앞에 서서 가는데 앞에
앉으신 할아버지 한 분이 고개를 숙이고 열심히 영어로 된 책을
들여다보고 계신다.

얼핏 봐도 글씨가 큰 초보용 영어 단어책이었다.

한 페이지를 펴고 한참 동안 한 단어를 유심히 들여다보고 계셨다.

손으로 단어를 쓰다듬기도 하셨다.

어떤 단어를 그리 유심히 보시는지 슬쩍 책을 들여다보는 순간
가슴이 덜컥 내려앉았다.

'Love'

젊은 시절에 빠지는 사랑은 불꽃같다.

조금 더 성숙해졌을 때, 그리고 보다 더 원숙해졌을 때 하는 사랑은 결이 다르다.

인생의 황혼에 생각하는 사랑은 또 다르게 다가올 것 같다.

사람은 자신의 깊이에 따라 사랑하는 방법이 달라진다.

나이 들어서 하는 사랑도 젊은 시절 불꽃같던 사랑보다 못하지는 않다.

사람이 익으면 사랑도 익는다.

나이가 들어서도 사랑하는 것은 용기이고 사랑받는 것은 능력이라고 한다.

내가 그 할아버지의 나이가 되면 '사랑'이란 단어는 어떤 의미로 다가올까.

일단 지금 있는 힘껏 사랑하면서 살아야겠다.

18

세상에 버릴 게 하나도 없다

퇴근길 운전 중에 아주 멋진 글감이 생각났다.

글을 써본 사람은 알겠지만 좋은 글감이 떠오르면 복권이라도 당첨된 듯 횡재한 기분이 든다.

집에 가서 멋진 글을 완성하리라 생각했다.

그러나 집에 와서 저녁을 먹고 글을 쓰려고 하는데 아까 운전할 때 떠올랐던 생각이 멋진 내용이었다는 사실만 생각나고 정작 어떤 내용이었는지 도무지 생각이 나지 않는다.

약이 올라 미칠 것 같다.

이렇게 날려버린 글감이 도대체 몇 개인지 모른다.

차라리 기억력이 더 나빠져서 '좋은 글감이 생각났었다.'라는 사실조차 생각나지 않으면 좋으련만 말이다.

그러다 우연히 내가 별로 좋아하지 않는 사람의 페이스북 피드의 단어를 우연히 보는 순간 잃어버렸던 글감이 번개처럼 떠올랐다.

개똥도 약에 쓴다 하고 악연도 내 머리를 자극해주니 정말 세상에 버릴 게 하나도 없는가 보다.

그러다 마침 그 사람에게 연락이 와서 만나게 되었다.

만나서 식사를 하면서 대화를 나누다 보니 그럭저럭 재미있는 시간을 보낼 수 있었다.

그 사람은 내가 자신을 별로 좋아하지 않고 있다는 사실을 전혀 눈치채지 못하고 있었다.

게다가 나도 오랜 시간 왜 그 사람을 좋아하지 않았는지도 잘 생각나지 않았다.

19

마음속의 돌덩이

"손대면 톡 하고 터질 것 같다."라는 유행가 가사가 있다.

우리는 모두 손대면 톡 하고 터질 것 같은 문제들을 마음 깊은 곳에 묻어두고 살고 있다.

큰 비밀일 수도 있고, 창피하고 부끄럽기도 하고, 자존심 상하기도 하고, 자신만의 이야기로 간직하고 싶기도 한, 이런 내밀한 자신만의 이야기들을 누구나 간직하고 있다.

결코 입 밖에 내지 못할 것 같은 이야기더라도 코칭 대화를 나누며, 문제보다 사람에 집중하며, 상대방의 존재 자체에 관심을 가지고 대화를 나누는 중에 톡 던지는 질문 하나가 폭포수 같은 눈물과 함께 내밀한 이야기들을 쏟아내게 만들기도 한다.

끝까지 비밀로 간직하고 싶은 이야기지만, 우리는 한편으론 검붉은 고름처럼 언젠간 짜내고 싶은 이야기들을 간직하고 살아가는 존재들이다.

대화가 깊어지면 거의 예외 없이 크든 작은 마음속에 단단한 돌덩이가 자리 잡고 있음을 느끼게 된다.

별다른 말을 하지 않았는데, 그저 눈을 맞추고 끄덕이며 들어주기만 했는데 쏟아내는 눈물 뒤로 밝은 미소와 함께 후련함을 고백하곤 한다.

육중한 철문을 여는 것은 작은 열쇠다.

그런 열쇠 같은 친구가 곁에 있으면 그 인생이 행복하게 느껴진다.

그런 친구가 있으면 신선한 공기가 맛있게 느껴지고, 따사로운 햇살이 나를 감싸며 응원해주는 것처럼 생각된다.

인생 시간 오후 4시에 그런 사람을 만나는 것은 인생의 크나큰 행운이다.

이제 당신이 그런 사람이 될 차례다.

20

프로크루스테스의 침대

누군가의 마음속에 들어가는 일은 쉬운 일이 아니다.

들어가기는커녕 튕겨져 나가기 일쑤다.

진정성을 가지고 적절한 때, 적절한 몸짓, 적절한 언어, 적절한 표정으로 다가가지 않으면 누군가의 마음에 들어갈 수가 없다.

가장 행복에 겨웠던 시절을 돌아보면 주위에 좋은 관계들이 넘쳐났던 시기다.

별다른 노력 없이도 내가 다른 사람들의 마음에 받아들여지고 그런 사람들에 둘러싸여 지냈던 때가 있었다.

그러나 지금은 애써 먼저 다가가도 자꾸 튕겨져 나오는 것을 느끼곤 한다.

코칭을 통해 여러 가지 고민을 가지고 살아가는 사람들과 깊은 내면의 대화를 나눌 기회가 많이 생겼다.

인정과 칭찬이 몸에 배고, 상대가 가진 문제가 아니라 상대방이란 존재에 관심을 가질 수 있게 된 무렵 다시 사람들 마음에 비집고 들어갈 틈이 보인다.

그리고 또 하나 깨닫게 된다.

사람들이 나를 튕겨내는 것이 아니라 내가 사람들을 튕겨내고 있었다는 것을 말이다.

자신이 제멋대로 만든 침대에 사람을 눕혀 삐져나오면 머리나 다리를 잘라 침대에 맞추고, 침대보다 작으면 망치로 두들겨 길게 늘려 침대 크기에 맞추는 그리스신화의 강도 프로크루스테스는 바로 지금 내 모습이 아닌지 모르겠다.

내 잘난 맛에 사는 동안 나는 사람들의 마음을 내 마음대로 늘이기도 하도 줄이기도 하면서 소중한 관계들을 얼마나 많이 떠나보냈는지 모르겠다.

내가 세운 뜻으로 스스로를 가두지 말아야 하지만, 내가 세운 잣대로 남을 아프게 하지 않는 것이 사람의 마음을 얻는 비결이다. 사람을 얻지 못한다는 것은 지금 사람을 떠나보내고 있다는 의미다.

오후 4시는 그렇게 떠나보낸 소중한 사람들의 긴 그림자가 더 아쉬워지는 시간이다.

21

그리움이란 단어는

좀처럼 잠을 이루지 못하던 어느 날 SNS에 글을 업로드하다가 무심코 '그리움'이란 단어를 해시태그로 달았다.

그랬더니 모두가 잠들어있는 줄 알았던 그 시간에도 평소보다 몇 배나 많은 '좋아요'가 눌리고 댓글들이 달렸다.

그리움이란 단어를 만지작거리는 사람이 이리도 많다는 의미라 마음이 시큰했다.

혼자 놓인 것 같던 나 말고도 그런 사람이 많다는 사실이 또 위로가 되는 것은 왜일까.

'그리움'이란 단어가 없었으면 좋겠다고 생각했다.

그립다는 것은 보고 싶은 누군가를 볼 수 없다는 의미니까.

한편으론 보고 싶은 마음을 표현할 길 없어서 이렇게라도 표현할 수 있게 이 단어를 지어낸 사람이 고맙기도 하다.

그 마음이라도 가까스로 보듬고 쓰다듬고 싶어서 만들어낸 단어가 그리움일 테니 말이다.

보고 싶고, 만져보고 싶은 간절함을 나타내주는 그리움이란 표현은 쉽게 드러낼 수 없는 마음속 말이라 더 뭉클하고 애틋하다.

잊지 않고 계속 되새길 수 있는 감정을 드러내주는 표현이라 고맙기도 하다.

치매에 걸려 기억은 소멸되어 가더라도 누구에게나 잊고 싶지 않은 추억이 있기에 말이다.

잊을 수 없는 사람, 그리운 사람이 있기에 말이다.

나도 누군가에게는 그리움의 대상일 테니 좋은 기억으로 남도록 오늘도 열심히 사랑하며 살아야겠다.

22

구불구불 열차길

지금은 KTX나 SRT에 익숙해져 있지만 우리 세대는 새마을호, 무궁화호, 통일호 같은 기차들을 타고 다녔다.

심지어 모든 역을 다 거쳐서 느리게 느리게 가는 비둘기호도 있었다.

어릴 적 열차를 타고 갈 때면 일부러 맨 뒤 칸으로 가 쏜살같이 뒤로 달음질치는 경치를 바라보곤 했다. 맨 앞 칸에서 보면 곧바로 앞을 향해 쭉 뻗은 길을 거침없이 달려 나가는 것 같았지만, 맨 뒤 칸에서 보면 저 멀리 지나온 길이 꾸불꾸불한 것을 볼 수 있었다.

하루하루 앞만 보고 더 나은 내일을 위해 열심히 살고 있지만, 한 번씩 허리를 펴고 지나온 길을 돌아보면 이리저리 참 많이도 흔들리며 살아 왔음을 알게 된다.

내가 평생 좌우로 치우치지 않고 중심을 잡으려고 애쓰며 조심
스레 걸어온 길이 사실은 휘청휘청 갈지자였음이 보이기 시작
하니 오늘 내딛는 발걸음 하나가 새삼 조심스러워진다.

사실 갈지자로 걸어도 괜찮다.

그 거칠고 긴 세월을 어떻게 항상 똑바로 걷나.

휘청거릴 만큼 세찬 바람도 불고 땅도 울퉁불퉁한데 말이다.

지구도 평평하지 않은데 말이다.

가끔 넘어지면 또 어떤가?

어차피 또 일어날 건데 말이다.

사람은 멀쩡하게 평지를 걷다가 넘어지는 유일한 동물이다.

그러나 가장 많이 일어나는 동물이기도 하다.

맞다.

4장

갈지자로 걸어도 괜찮다.

어차피 한참 위에서 내려다보면 일직선으로 보이니까 말이다.

그래도 길을 잃지는 않았으니 얼마나 다행인가.

잠깐 멈춰 쉬더라도 괜찮다.

어차피 계속 앞으로 걸어가고 있으니 말이다.

인생 시간 오후 4시,

아직 해야 할 일이 태산이다.

아직 한참 남은 인생이다.

아직 해가 지려면 멀었다.

거추장스러운 것들은 아낌없이 버리고, 꼭 필요한 것들을 모아

다시 가방을 쌀 시간이다.

헐거워진 신발 끈을 바짝 다시 묶을 때다.